नोबेल शांति पुरस्कार से सम्मानित

कैलाश सत्यार्थी

के जीवन के प्रेरक प्रसंग

नोबेल शांति पुरस्कार से सम्मानित

कैलाश सत्यार्थी के जीवन के प्रेरक प्रसंग

शिवकुमार शर्मा

प्रभात प्रकाशन

प्रकाशक
प्रभात प्रकाशन प्रा. लि.
4/19 आसफ अली रोड, नई दिल्ली–110002
फोन : 011–23289777 • हेल्पलाइन नं. : 7827007777
इ–मेल : prabhatbooks@gmail.com ❖ वेब ठिकाना : www.prabhatbooks.com

संस्करण
2023

चित्रांकन
श्री संदीप राशिनकर

पेपरबैक मूल्य
दो सौ रुपए

मुद्रक
आर–टेक ऑफसेट प्रिंटर्स, दिल्ली

★

KAILASH SATYARTHI KE JEEVAN KE PRERAK PRASANG
by Shri Shiv Kumar Sharma

Published by **PRABHAT PRAKASHAN PVT. LTD.**
4/19 Asaf Ali Road, New Delhi-110002

ISBN 978-93-5521-387-7

₹ 200.00 (PB)

लेखक की बात

दुनिया के सबसे प्रतिष्ठित नोबेल शांति पुरस्कार से सम्मानित श्री कैलाश सत्यार्थी के जीवन और व्यक्तित्व के बहुत से अनछुए-अनसुने किंतु अत्यंत प्रेरणास्पद प्रसंगों की पुस्तक आपके हाथ में है। उदाहरण के लिए, कितने लोग यह बात जानते हैं कि सत्यार्थीजी ने अपना नोबेल मेडल हासिल करने के तुरंत बाद ही फैसला कर लिया था कि वे इसे राष्ट्र को समर्पित कर देंगे और उन्होंने इसे तत्कालीन राष्ट्रपति श्री प्रणब मुखर्जी को सौंप भी दिया था। भारत की तो बात ही छोड़िए, पूरी दुनिया में ऐसा कोई उदाहरण नहीं मिलता।

दुनिया इन श्री कैलाश सत्यार्थी से खूब परिचित है, जो चार दशकों से अधिक समय से बचपन को हर प्रकार के शोषण से मुक्त, सुरक्षित और खुशहाल बनाने के लिए संघर्ष कर रहे हैं। उनके अथक प्रयासों से बाल दासता और शोषण के विरुद्ध भारत समेत दुनिया भर में कानून बने। अंतरराष्ट्रीय श्रम संगठन ने कन्वेंशन-182 पारित किया, जो बच्चों से किसी भी प्रकार का

खतरनाक काम कराने पर रोक लगाता है। विश्व के सभी देश इसे लागू कर चुके हैं।

वे पहले ऐसे भारतीय हैं, जिन्हें 'नोबेल शांति पुरस्कार' के साथ-साथ 'डिफेंडर्स ऑफ डेमोक्रेसी अवॉर्ड', 'मेडल ऑफ इटैलियन सीनेट', 'रॉबर्ट एफ. कैनेडी ह्यूमन राइट्स अवॉर्ड', 'हार्वर्ड ह्यूमैनिटेरियन अवॉर्ड' जैसे प्रतिष्ठित पुरस्कारों से सम्मानित किया गया है। बाल अधिकार कार्यकर्ता के रूप में सत्यार्थीजी की उपलब्धियों पर न जाने कितना कुछ लिखा जा चुका है। लेकिन जब हम उनके जीवन को गहराई से देखें तो पाएँगे कि वे जितने जुझारू बाल अधिकार कार्यकर्ता हैं, उतने ही संवेदनशील और भावुक व्यक्ति भी।

सत्यार्थीजी के जीवन में बचपन से ही इतने रंग, इतने कलेवर दिखते हैं, जो अविश्वसनीय लग सकते हैं, लेकिन पूरी तरह सत्य हैं और सबके लिए प्रेरणा के स्रोत हो सकते हैं।

पूत के पाँव पालने में ही नजर आ जाते हैं। स्कूल के पहले ही दिन अपने हमउम्र बच्चे को अपने साथ क्लास में होने की जगह, स्कूल के बाहर जूते पॉलिश करते देख सत्यार्थीजी को बड़ी पीड़ा हुई। 'वह बच्चा मेरी तरह स्कूल में क्यों नहीं है', यह सवाल उन्होंने उस बच्चे के पिता, अपने घरवालों और स्कूल के शिक्षकों तक, हर किसी से पूछा था। इतनी छोटी उम्र में ही एक बच्चे को उसका हक दिलाने के लिए उन्होंने जो आवाज उठाई, वह समय के साथ और मजबूत होती गई।

किशोरावस्था में जब ज्यादातर बच्चों का ध्यान खेलने-कूदने और मौज-मस्ती पर होता है, कैलाश सत्यार्थी यह सुनिश्चित करने के प्रयास कर रहे थे कि पुस्तकों के अभाव में किसी बच्चे को अपनी पढ़ाई बीच में न छोड़नी पड़े। वे बच्चों के लिए पुस्तकों का इंतजाम करने के लिए 'बुक बैंक' खोल रहे थे, तो गरीब बच्चों के लिए स्कूल की फीस जुटाने के लिए मेलों में चाय-नाश्ते की दुकानें भी लगा रहे थे। जिस कोढ़ी व्यक्ति से उसके अपने बेटों ने किनारा कर लिया था, सत्यार्थीजी उसकी सेवा कर रहे थे तो वहीं वे युवाओं में सरकारी संसाधनों के दुरुपयोग के खिलाफ आवाज उठाने का साहस भी भर रहे थे। कई दशक बाद बाल श्रम से छुड़ाए गए बच्चों को स्कूलों में दाखिला न मिला तो उनके भीतर के आंदोलनकारी ने एक नई शपथ उठाई—सभी बच्चों को शिक्षा का अधिकार दिलाना है। उन्होंने सड़क से लेकर संसद् तक अपना पूरा जोर लगा दिया और तब तक चुप नहीं बैठे, जब तक देश में शिक्षा का मौलिक अधिकार कानून नहीं बन गया।

कॉलेज में मेहतरानियों के हाथ का पका खाना खाकर उन्होंने छुआछूत जैसे सामाजिक कलंक को युवावस्था में चुनौती दी और इसके कारण उन्हें कई साल तक अपने घर में ही किसी बाहरी व्यक्ति की तरह रहना पड़ा। समाज ने कैलाश सत्यार्थी के काम में जितनी रुकावटें खड़ी कीं, बुराई से लड़ने का उनका साहस उतना ही बढ़ता गया। दलितों के घरों में यज्ञ कराकर उन्हें सामाजिक हैसियत दिलाई। नाथद्वारा के प्रसिद्ध श्रीनाथजी मंदिर के द्वार दलितों

के लिए खुलवाने के लिए अपनी जान की बाजी लगा दी तो दिल्ली के सिख विरोधी दंगों में अपनी पत्नी और पाँच साल के बेटे की जान जोखिम में डालकर पड़ोसी सरदारजी के परिवार की जान बचाई।

वे अपने द्वारा शुरू किए गए आंदोलन को नुकसान पहुँचाने के लिए सारी हदें पार करनेवाले व्यक्ति की पत्नी का एक फोन आते ही उसकी जान बचाने को अपना खून देने पहुँच जाते हैं। एयरकंडीशनर पर बने कबूतरी के अंडों की रक्षा करने के लिए झुलसाने वाली गरमी के बावजूद ए.सी. नहीं चलाते तो आश्रम में काम करती मजदूरिन के बच्चे को जमीन पर लेटा देख बिफर जाते हैं और तब तक उसे खुद सँभालते हैं, जब तक उसके लिए एक नया पालना नहीं आ जाता। चाहे सामाजिक पक्ष हो, आंदोलनकारी पक्ष हो या नैतिक पक्ष, कैलाश सत्यार्थी के जीवन से सभी के लिए सीखने को बहुत कुछ है। उनके व्यक्तित्व में इतने रंग हैं कि उनकी जीवन-यात्रा इंद्रधनुषी हो जाती है।

मुझे पूरा विश्वास है कि पाठकगण इस पुस्तक के माध्यम से न केवल दूसरों के प्रति दया और करुणा का पाठ सीखेंगे बल्कि उन्हें कम-से-कम संसाधनों में भी बड़े-से-बड़ा काम करने की प्रेरणा मिलेगी और बुराई को चुनौती देने का साहस पैदा होगा।

मशीनीकरण के इस युग में हम इनसान मशीनों के हाथ की कठपुतलियाँ बनते जा रहे हैं। हमारे अंदर इनसानियत की भावना कम होती जा रही है। दूसरों के दुःख-दर्द से हमें फर्क नहीं पड़ रहा

है। हम हर चीज को बस अपने नफा-नुकसान की नजर से देखने लगे हैं। हमारे अंदर मशीन ने इतनी घुसपैठ कर ली है कि हम खुद मशीन बनते जा रहे हैं। संवेदनाएँ, करुणा, अपनत्व जैसे गुण मानव को मशीनों से अलग करते हैं। आज के दौर में हमें संवेदनाओं की बड़ी जरूरत है।

छोटी-छोटी घटनाओं को पिरोकर प्रेरक प्रसंगों की एक पुस्तक के रूप में प्रस्तुत करने के पीछे उद्देश्य पेड़-पौधों की एक ऐसी नर्सरी बनाना है, जहाँ समाज को सँवारने वाले भविष्य के कई कैलाश सत्यार्थी तैयार हों।

सत्यार्थीजी के बचपन और कॉलेज के दिनों की जिन प्रेरक घटनाओं को इस पुस्तक में शामिल किया गया है, वे उनके बचपन और किशोरावस्था के सहयोगी ओम प्रकाश श्रीवास्तव, प्रोफेसर दिनेश शर्मा, बचपन बचाओ आंदोलन के वरिष्ठ साथी श्री रमाशंकर चौरसिया, लक्ष्मण मास्टर, राकेश सेंगर, राजीव भारद्वाज के साथ-साथ संगठन और परिवार के कई सदस्यों ने मुझे सुनाई थीं। मैंने उनके अन्य दोस्तों, परिवार के लोगों, शिक्षकों आदि से लंबी बातचीत के बाद इनकी पुष्टि कराई है। नोबेल पुरस्कार के बाद की घटनाएँ तो मेरी आँखों देखी हैं, जो मैंने सत्यार्थीजी के साथ रहते हुए देखीं और लिखता गया।

पुस्तक को छापने से पहले स्कूली बच्चों के बीच कहानी पाठ और लेखन प्रतियोगिता भी कराई गई। बच्चों ने हर कहानी पर अपनी प्रतिक्रिया दी। उन्होंने इसे बहुत सराहा, जिससे हमारा उत्साह

बढ़ा। बच्चों के सुझाव पर हमने इसकी भाषा को सरल बनाने की दिशा में भी काम किया।

विश्वास है कि श्री कैलाश सत्यार्थी के जीवन से चुने गए प्रेरक प्रसंगों की पुस्तकों की शृंखला की यह पहली प्रस्तुति आपको पसंद आएगी। भविष्य में ऐसे प्रेरणास्पद प्रसंगों के कई अन्य संकलन भी प्रकाशित होंगे। उन सभी का हृदय से आभार, जिन्होंने ऐसी बहुमूल्य पुस्तक तैयार करने में प्रत्यक्ष या परोक्ष रूप से सहयोग किया।

सर्वश्री ओम प्रकाश श्रीवास्तव, प्रो. दिनेश शर्मा, रमाशंकर चौरसिया, लक्ष्मण मास्टर, राकेश सेंगर, राजीव भारद्वाज के साथ-साथ संगठन और परिवार के कई सदस्यों के सहयोग से ही आदरणीय सत्यार्थीजी के इस प्रेरक प्रसंगों का संकलन संभव हो पाया है; उन सबके प्रति कृतज्ञ हूँ।

अनुक्रम

लेखक की बात 5

1. नोबेल पुरस्कार देश के नाम 17
2. शर्मा कैसे बने सत्यार्थी 22
3. कोढ़ी की सेवा में ईश्वर के दर्शन 28
4. हाथठेले पर पुस्तकें माँगकर बुक-बैंक की शुरुआत 32
5. गरीब बच्चों की फीस के लिए मेले में चाय की दुकान 37
6. संकल्प से बदला संविधान 41
7. इस तरह रुकवाया सरकारी गाड़ियों का दुरुपयोग 44
8. दिव्यांगों से खास लगाव 48
9. दलितों के घर यज्ञ 52
10. नाथद्वारा मंदिर में पहली बार दलितों का प्रवेश 55
11. परिवार की जान जोखिम में डाल बचाई सिख पड़ोसी की जान 60
12. धोखेबाज रासोश की खून देकर मदद 63

13. कबाड़ का सोफा 67
14. महँगे ब्रेड के कारण दिन भर भूखे रहे 72
15. अगर साबो मेरी बेटी होती… 75
16. कैसे बना बालश्रम के खिलाफ अंतरराष्ट्रीय कानून 79
17. बच्चों के शौचालयों की सफाई 84
18. मजदूरिन की बच्ची और सत्यार्थीजी का दर्द 87
19. जिन हाथों ने मकान बनाया
उन्हीं से कराया घर का उद्घाटन 89
20. कबूतरी के अंडे और एयर कंडीशनर 91
21. आम जन का 'नोबेलमैन' 93
22. हजारों की भीड़ के बीच गुरु के कदमों में 96
23. परंपरा तोड़कर क्रांतिकारियों को
नमन करने पहुँच गए शांतिदूत 100
24. काँपता प्रदीप और सत्यार्थीजी की जर्सी 104
25. नाई से निभाया बहनोई का नाता 106
26. क्षमादान का सुख 108
27. आखिर ईद पर घर पहुँच ही गया मोहम्मद नूर 112
28. ऐसे निकाला सहयोगी के मन का डर 118
29. सपोर्टिंग स्टाफ का दिल जीता 122
30. उसूलों की खातिर अपनों से मोल ली नाराजगी 125

31. प्रशंसिका के घर अचानक मिलने पहुँच गए 129

32. ब्रेड-पकौड़ा 132

33. बच्चों के बगैर कैसा उद्घाटन ? 135

34. ड्राइवर की बेटी के निकाह के लिए… 137

35. जब सत्यार्थीजी का तेंदुए से हो गया आमना-सामना 141

1

नोबेल पुरस्कार देश के नाम

नोबेल शांति पुरस्कार को दुनिया का सबसे बड़ा पुरस्कार माना जाता है। यह पुरस्कार हर साल नॉर्वे की राजधानी ओस्लो में प्रदान किया जाता है। नोबेल पुरस्कार कमेटी उन संस्थाओं या लोगों को यह पुरस्कार देती है, जिन्होंने महान् कार्य किए हों। वर्ष 2014 का यह सम्मान कैलाश सत्यार्थी को दिया गया था, जब इसकी घोषणा हुई तो भारतवासियों को ही नहीं, बल्कि उन्हें खुद इस पर भरोसा नहीं हुआ था। होता भी कैसे, क्योंकि वे भारत में जनमे, पले-बढ़े और वहीं रहनेवाले पहले नागरिक थे, जिन्हें यह पुरस्कार मिला था।

घोषणा के दो-तीन दिन बाद सत्यार्थीजी अपने परिवार के साथ भारत के राष्ट्रपति प्रणब मुखर्जीजी से भेंट करने गए। राष्ट्रपति ने बताया कि 'नोबेल शांति पुरस्कार' की तो बात ही छोड़िए, फिलहाल भारत की धरती पर कोई भी 'नोबेल' पुरस्कार नहीं है। उनसे पहले भारत में जनमे कुछ लोगों को विज्ञान और अर्थशास्त्र आदि विषयों में 'नोबेल पुरस्कार' मिला था, लेकिन दो-तीन लोगों

के अलावा सभी किसी और देश के नागरिक बन गए थे।

राष्ट्रपति ने सत्यार्थीजी को यह भी बताया कि रवींद्रनाथ टैगोर को मिला साहित्य का 'नोबेल पुरस्कार' चोरी हो गया था। विदेश मंत्री रहने के दौरान उन्होंने स्वीडन जाकर उसकी प्रतिकृति (रेप्लिका) हासिल की थी, लेकिन बाद में वह भी टैगोरजी के रिश्तेदार विदेश लेकर चले गए। यह सुनकर सत्यार्थीजी भावुक हो गए और कुछ विचार करने लगे।

राष्ट्रपति भवन से लौटते वक्त उन्होंने कार में मौजूद अपनी पत्नी, पुत्र, पुत्रवधू और पुत्री के सामने एक विचार रखा। वह एक अनूठा विचार था। उन्होंने कहा कि क्यों न 'नोबेल' पदक राष्ट्र को समर्पित कर दिया जाए। यह उपलब्धि उनके अकेले की नहीं है, बल्कि पूरे देशवासियों की है। सबने उनके विचार का समर्थन कर दिया।

सत्यार्थीजी केवल दो महीने बाद दादा बननेवाले थे। इस फैसले के बारे में जब उनके रिश्तेदारों और मित्रों को पता चला तो उन्होंने सुझाव दिया कि इसके लिए दो-तीन महीने का इंतजार तो किया ही जा सकता है। आनेवाली संतान 'नोबेल मेडल' को कम-से-कम हाथ से छू तो सकेगी, लेकिन सत्यार्थीजी का मानना था कि इस पुरस्कार पर देश के हर बच्चे और हर नागरिक का उतना ही अधिकार है, जितना भविष्य में जन्म लेनेवाली उनकी पहली पोती या पोते का।

10 दिसंबर, 2014 को ओस्लो में श्री कैलाश सत्यार्थी को

NOBEL

'नोबेल शांति पुरस्कार' प्रदान किया गया। वहाँ जाने से पहले उन्होंने राष्ट्रपति को पत्र लिखकर निवेदन किया था कि वे 'नोबेल मेडल' देश को समर्पित करना चाहते हैं। राष्ट्रपतिजी वह पत्र पाकर बड़े अचंभित हुए। उन्हें भरोसा ही नहीं हुआ कि कोई व्यक्ति ऐसा भी कर सकता है। उन्होंने सत्यार्थीजी से फिर से पुछवाया कि क्या सचमुच उन्होंने ही यह पत्र लिखा है? सत्यार्थीजी ने स्पष्ट कर दिया कि उन्होंने खूब सोच-विचारकर यह फैसला किया है।

राष्ट्रपति के निजी सचिव ने फिर से यह सूचना दी कि दुनिया के इतिहास के किसी भी देश में 'नोबेल पुरस्कार' विजेता ने ऐसा नहीं किया। 'नोबेल मेडल' देश को समर्पित करने की दूसरी कोई मिसाल नहीं है। वह मेडल और धनराशि उस व्यक्ति की निजी संपत्ति होती है, जिसे वह 'मेडल' मिला हो और उसका परिवार पीढ़ियों तक इसे सँजोकर रखता है। सत्यार्थीजी ने उन्हें बता दिया कि अगर राष्ट्रपति महोदय देशवासियों की ओर से वह पदक स्वीकार नहीं करते तो वे उसे महात्मा गांधीजी समाधि, यानी राजघाट पर जाकर गांधी संग्रहालय को सौंप देंगे। आखिरकार राष्ट्रपति महोदय वह मेडल स्वीकारने को तैयार हो गए।

ओस्लो से लौटकर सत्यार्थीजी अपने वायदे अनुसार अपना पदक समर्पित करने राष्ट्रपति भवन पहुँच गए, तब भी वहाँ के अधिकारियों को यह भरोसा नहीं हुआ कि वे सचमुच अपना पदक राष्ट्र को समर्पित करने आए हैं। अंततः राष्ट्रपति भवन में आयोजित एक सादे समारोह में सत्यार्थीजी ने कबीरदासजी का यह दोहा पढ़ते

हुए अपना पदक राष्ट्रपति महोदय के हाथों में सौंप दिया—

मेरा मुझमें कुछ नहीं जो कछु है सब तोर।
तेरा तुझको सौंपते क्या लागत है मोर॥

देशभक्ति और समर्पण की भावना सिर्फ उपदेश की बात नहीं है। अपना पदक राष्ट्र को समर्पित करके श्री कैलाश सत्यार्थी ने सभी के लिए एक अनूठा उदाहरण पेश किया।

□

2

शर्मा कैसे बने सत्यार्थी

हम जिन्हें कैलाश सत्यार्थी के नाम से जानते हैं, उनका बचपन का नाम कैलाश शर्मा था। उनका नाम बदलने के पीछे एक मजेदार, लेकिन प्रेरक कहानी है। सन् 1969 की बात है। तब कैलाशजी पंद्रह साल के थे। वे मध्य प्रदेश के विदिशा शहर में ग्यारहवीं की पढ़ाई कर रहे थे। उस साल देश भर में गांधीजी की जन्म शताब्दी मनाई जा रही थी।

कैलाशजी का जन्म ब्राह्मण परिवार में हुआ था। समाज में ब्राह्मण सबसे ऊँची जाति मानी जाती है। उन्होंने बचपन से ही नीची जाति समझे जानेवाले लोगों के साथ छुआछूत का व्यवहार होता देखा था। इससे उन्हें बड़ा दुख होता था और वे उसके विरोध में आवाज भी उठाते रहते थे।

शहर के चौराहे पर नेतागण गांधीजी की जन्मशती मना रहे थे। वे उस कार्यक्रम में छुआछूत और जात-पाँत के खिलाफ जोरदार भाषण दे रहे थे। उन बातों से प्रेरित होकर कैलाशजी के मन में एक विचार आया। उन्होंने सोचा कि क्यों न एक सहभोज का आयोजन

किया जाए। उसमें मैला ढोनेवाली महिलाएँ, जिन्हें मेहतरानियाँ कहा जाता था, खाना पकाएँ और ऊँची जाति के लोग उनके हाथ का पका भोजन खाएँ। कैलाशजी का मानना था कि छुआछूत मिटाने के लिए भाषण देनेवाले नेता उस भोज में जरूर पहुँचेंगे।

कैलाशजी ने अपने कुछ दोस्तों को इस सहभोज की तैयारी के लिए राजी किया। उन्होंने घर-घर जाकर समाज के प्रतिष्ठित लोगों और नेताओं को सहभोज का निमंत्रण दिया। उन सभी ने भोज में आने की हाँ भी कर दी। इससे कैलाशजी और उनके दोस्त बड़े खुश हुए। उन्होंने इस भोज के लिए आपस में चंदा इकट्ठा कर लिया। इसके बाद वे मैला ढोनेवाली मेहतरानियों के घर गए और उन्हें भोजन बनाने के लिए तैयार किया। वह काम भी आसान नहीं था। उनका मानना था कि उनके हाथ का बना खाना खाने को कोई तैयार नहीं होगा।

सहभोज के लिए शहर के गांधी पार्क को चुना गया। अछूत मानी जानेवाली मेहतरानियाँ नहा-धोकर, साफ-सुथरे कपड़े पहनकर भोजन पकाने में जुट गईं। सभी को शाम 7 बजे भोजन का निमंत्रण दिया गया था, लेकिन समय पर कोई नहीं पहुँचा, तब कैलाशजी और उनके साथी साइकिल लेकर नेताओं को बुलाने उनके घर गए। ज्यादातर ने तो बहाने बना दिए। कुछ ने कहा कि वे बस आ रहे हैं, लेकिन काफी इंतजार के बाद भी रात 10 बजे तक कोई नहीं पहुँचा। नेताओं के उस व्यवहार से उन्हें बड़ी निराशा हुई और गुस्सा भी आया। वे पहली बार बड़े-बड़े लोगों की कथनी

और करनी में इतना अंतर देखकर हैरान थे।

आखिरकार कैलाशजी ने आगे बढ़कर एक थाली उठाई और अछूत कही जानेवाली उन माँओं के हाथ की बनी खिचड़ी गांधीजी की मूर्ति के नीचे बैठकर खानी शुरू कर दी। वे खिचड़ी खा रहे थे और उनकी आँखों से आँसू टपक रहे थे। अचानक एक बूढ़ी महिला ने पीछे से बड़े स्नेह से अपना हाथ उनके कंधे पर रखा और बोलीं, "बेटा तू क्यों रो रहा है ? तूने तो हमारी इज्जत बढ़ाने के लिए वह काम कर दिया, जो कभी किसी ने नहीं किया। तुझे तो खुश होना चाहिए।"

इसके बाद उन मेहतरानियों और बच्चों ने साथ मिलकर खुशी-खुशी खाना खाया। नेताओं के न आने से उन महिलाएँ को कोई आश्चर्य नहीं हुआ, क्योंकि वे तो उनका स्वभाव पहले से ही जानती थीं, लेकिन बच्चों ने उनके साथ खाना खाया, इस बात से वे बहुत खुश थीं। उन किशोरों ने उनके हाथ का बना खाना खाकर छुआछूत और सामाजिक भेदभाव को चुनौती दी और दूर करने की पहल की।

लेकिन कहानी यहीं खत्म नहीं हुई, जब कैलाशजी रात 11 बजे घर पहुँचे तो आँगन में बहुत से लोग जमा थे। बिरादरी के नेता इस बात से आगबबूला थे कि इस बच्चे ने मेहतरानियों के हाथ का खाना खिलाने की दावत देकर शहर के इज्जतदार लोगों का मजाक उड़ाया है। खुद भी उनके हाथ का बना खाना खाकर कुल-खानदान का नाम मिट्टी में मिला दिया और धर्म भ्रष्ट कर दिया है। कुछ

लोग कैलाशजी और उनके परिवार को जाति निकाला देने की माँग कर रहे थे। जाति निकाला का मतलब यह होता कि उनके परिवार के लिए रिश्तेदार और बिरादरी के लोगों के साथ मिलना-जुलना, खाना-पीना और शादी-ब्याह सब बंद हो जाता, लेकिन परिवार ने हाथ जोड़े कि इसमें उनकी तो कोई गलती नहीं है, फिर पूरे परिवार को सजा क्यों दी जा रही है।

उसके बाद पंडितों ने यह फैसला सुनाया कि इस पाप का प्रायश्चित्त तो करना ही होगा। इसके लिए बालक को हरिद्वार जाकर गंगा स्नान करके पाप धोना पड़ेगा। वहाँ से लौटने के बाद घर में ब्राह्मण भोज कराना होगा और उनके पाँव धोकर पानी पीना पड़ेगा। परिवार तो इसके लिए तैयार हो गया, लेकिन कैलाशजी ने ऐसा करने से साफ इनकार कर दिया।

आखिरकार घर के लोगों ने कैलाशजी को रसोई, पूजाघर आदि में घुसने पर रोक लगा दी। घर के बाहर एक छोटा सा कमरा था, जिसमें उनके अलग रहने की व्यवस्था की गई। उनकी माँ रोज जिस बेटे के साथ खाना खाती थीं, उसके लिए खाने की थाली कमरे के बाहर रखकर आना होता था। इस दुख में वे प्रतिदिन रोया करती थीं, लेकिन उन्हें यह बात भी समझ आ रही थी कि उनके बेटे ने सच के लिए आवाज उठाई है। लगभग दो साल तक कैलाशजी अपने ही घर में किसी बाहरी आदमी की तरह रहे।

उन्होंने उसी रात ठान लिया, "ये लोग मुझे जाति से बाहर क्या निकालेंगे, मैं खुद ही अपने जीवन से जात-पाँत को निकाल दूँगा।"

भारत में कौन किस जाति का है, इसकी पहचान उसके नाम के साथ लगे उपनाम से होती है, जैसे कैलाशजी के नाम के साथ शर्मा जुड़ा होने से पता चलता था कि वे ब्राह्मण हैं। इसलिए उन्होंने तय किया कि वे जाति छोड़ने की शुरुआत अपना उपनाम छोड़कर करेंगे। वे और उनके दोस्त कोई ऐसा उपनाम खोजने लगे, जिससे जाति का पता न लगता हो। आखिरकार उन्होंने अपने लिए 'सत्यार्थी' उपनाम तय किया। सत्यार्थी का अर्थ है—'सत्य की तलाश करनेवाला'। इस तरह वे कैलाश शर्मा से 'कैलाश सत्यार्थी' बन गए।

कैलाशजी के दो बच्चे हैं। दोनों बच्चों और पत्नी सुमेधा कैलाश के नाम में भी कोई जातिसूचक शब्द नहीं है। उनकी दोनों संतानों ने जाति से परे जाकर शादी भी की है।

हमारा समाज आज भी जात-पाँत के भेदभाव में जकड़ा हुआ है। इसके चलते समाज में अलगाव, ऊँच-नीच और आपस की दूरियाँ बनी रहती हैं। जात-पाँत के नाम पर राजनीति होती है, वह बहुत ही खतरनाक है। पंद्रह साल की उम्र में कैलाश सत्यार्थी ने भेदभाव के खिलाफ आवाज उठाकर साबित कर दिया कि बच्चे और किशोर भी समाज में बड़े बदलाव ला सकते हैं। उन्होंने इसकी कीमत भी चुकाई। खुद पर भरोसा, साहस और दृढ़ निश्चय जैसे गुण बच्चे छोटी उम्र से ही सीख सकते हैं। हम अपने साथ होनेवाले जिस बरताव को बुरा समझते हैं, यदि दूसरों के साथ वही बरताव होता है तो उसे भी बुरा समझकर विरोध करना चाहिए।

□

3

कोढ़ी की सेवा में ईश्वर के दर्शन

जब कैलाश सत्यार्थी 17 साल की उम्र के थे, तब उनके जीवन में एक घटना घटी। वे इंजीनियरिंग की पढ़ाई कर रहे थे। उनके घर के पास से बेतवा नदी बहती थी। वे अकसर सुबह-सुबह नदी में तैरने जाया करते थे। वहाँ का रास्ता झुग्गी बस्ती से होकर गुजरता था। एक दिन नदी जाते हुए एक झुग्गी से उन्हें जोर-जोर से कराहने की आवाज सुनाई दी। झुग्गी में झाँककर देखा तो मारे बदबू के उनका सिर चकराने लगा। अंदर एक बूढ़ा कोढ़ी जमीन पर बुरी हालत में पड़ा हुआ कराह रहा था। उसका शरीर सिकुड़ चुका था। हाथ-पाँव के अँगूठों सहित शरीर के कई अंग गल चुके थे। वह टट्टी-पेशाब भी वहीं करता था।

महान् लोगों की यही खासियत होती है कि वे हमेशा दूसरों की मदद के लिए तैयार रहते हैं। इसलिए वापस लौटने की बजाय सत्यार्थीजी वहीं पर रुक गए। उन्होंने पड़ोसियों से बात की। पता चला कि उस आदमी के बेटों ने अपने पिता की थोड़ी-बहुत जमीन को चालाकी से अपने नाम करवाकर उसे इस हालत में छोड़ दिया

था। वे उसकी ऐसी हालत देखकर बहुत दुखी हुए और उन्होंने उस कोढ़ी की सेवा करने की ठान ली।

नदी पर जाने के बजाय उन्होंने उसको नहलाने और झुग्गी की सफाई के लिए पड़ोसियों से बाल्टी और पानी का इंतजाम किया। गंदगी और भयानक बदबू की वजह से उन्हें उबकाई आ रही थी, फिर भी उन्होंने नाक पर रूमाल बाँधकर हिम्मत करके साफ-सफाई की। इस बीच वह उन्हें गालियाँ देता रहा। कई बार पास में पड़ी लाठी उठाकर उन पर चला देता। फिर भी सत्यार्थीजी के मन में उसके लिए करुणा का भाव गहराता जा रहा था। वे उसके लिए भोजन और पानी का प्रबंध करने के लिए घर चले गए। वहाँ से लौटकर उन्होंने उस लाचार आदमी को अपने हाथों से खाना खिलाया और पानी पिलाया। उसके शरीर की अच्छे से सफाई की। शरीर में कई जगह घाव हो गए थे और वहाँ से खून रिस रहा था। उन्होंने किसी तरह उसे राजी करके उसके घावों को साफ करके मरहम भी लगाया।

सत्यार्थीजी अगले दिन फिर खाना लेकर उसके पास गए। उन्होंने झुग्गी की सफाई की और बड़ी मुश्किल से उस आदमी को नहाने के लिए मनाया। यह क्रम कई दिनों तक चलता रहा। सत्यार्थीजी चुपचाप अपनी थाली से कुछ रोटी और सब्जी छुपाकर एक कागज में लपेट लेते और फिर कोढ़ी को ले जाकर खिला देते थे। मजेदार बात यह थी कि वे उसकी सेवा करते और बदले में वह उन्हें गंदी-गंदी गालियाँ देता रहता। जब यह बात उनकी बड़ी

भतीजी तारा और एक जिगरी दोस्त को पता चली तो वे भी अपनी थाली से कुछ भोजन निकालकर देने लगे। ज्यों-ज्यों उस आदमी की भूख और खाने की मात्रा बढ़ती रही, त्यों-त्यों उसके शरीर में और ज्यादा जान आती गई। इसका नतीजा यह हुआ कि वह पहले से और भी ज्यादा जोर-जोर से गालियाँ देने लगा। यहाँ तक कि मौका मिलते ही सत्यार्थीजी के गाल पर थप्पड़ भी मार देता।

यह सिलसिला करीब दो सप्ताह चला होगा। सत्यार्थीजी ने सोचा कि अब अस्पताल ले जाकर उसका इलाज कराना चाहिए। एक रात खाना खिलाते हुए उन्होंने बूढ़े आदमी को बताया कि उन्होंने एक हाथठेले का इंतजाम किया है, जिस पर बिठाकर वे कल उसे इलाज के लिए अस्पताल ले जाएँगे। हमेशा गाली देनेवाला वह कोढ़ी खामोशी से उनकी बात सुनता रहा। उस दिन वह पहली बार मुसकराया भी था। जब सत्यार्थीजी जाने लगे तो उसने उन्हें पास बुलाया और उनका हाथ पकड़कर चूम लिया। बूढ़े की आँखों से झर-झर आँसू बहने लगे। उसे ऐसा करते देखकर उनकी आँखें भी भर आईं।

अगले दिन जब सत्यार्थीजी हाथठेला लेकर उसके पास पहुँचे तो देखा कि उस बूढ़े कोढ़ी का शरीर ठंडा पड़ चुका था। उसके प्राण निकल चुके थे। आँखें खुली थीं, लेकिन चेहरे पर वही मुसकराहट थी। शायद यह मुसकराहट जीवन के अंतिम समय में सत्यार्थीजी द्वारा जो उसे निश्छल प्रेम और निस्स्वार्थ सेवा मिली, यह उसका परिणाम था। वे इस घटना को अपने जीवन में ईश्वर

के पहले अनुभव की तरह मानते हैं। हम सब यह सुनते और पढ़ते आए हैं कि सभी जीवों में ईश्वर बसता है। हम बिना किसी स्वार्थ के किसी दुखियारे और जरूरतमंद प्राणी की सेवा करके ही ईश्वर को महसूस कर सकते हैं। सबके प्रति दया और करुणा का भाव हमें बेहतर इनसान बनाता है, जैसा कि हमने सत्यार्थीजी के जीवन में देखा।

□

4

हाथठेले पर पुस्तकें माँगकर बुक़-बैंक की शुरुआत

यह उन दिनों की बात है, जब कैलाश सत्यार्थी सातवीं कक्षा में पढ़ते थे। उनकी उम्र 11 साल की थी। जब वे नई कक्षा में गए तो उन्होंने देखा कि कुछ पुराने साथी मौजूद नहीं थे। इनमें से उनका एक बहुत करीबी दोस्त भी था। थोड़ी सी छानबीन के बाद उन्हें पता चला कि गरीबी के कारण कई बच्चे पुस्तकें नहीं खरीद सके थे। इसलिए उन्हें बीच में ही पढ़ाई छोड़नी पड़ी थी। वह दोस्त अपने बड़े भाई के साथ रहता था, जो गलियों में घूमकर चने-मुरमुरे बेचता था।

सत्यार्थीजी उस दोस्त को खोजते-खोजते उसके घर पहुँचे तो मकान मालिक ने बताया कि उनके पास किराया देने के पैसे नहीं थे, इसलिए वे घर छोड़कर कहीं चले गए हैं। इससे सत्यार्थीजी के मन में गहरी पीड़ा हुई। वे सोचने लगे कि ऐसा क्या किया जाए, जिससे कि किसी बच्चे को गरीबी के कारण पढ़ाई न छोड़नी पड़े। इसी उधेड़बुन में उनके मन में एक योजना बन गई थी।

कुछ महीनों बाद सातवीं कक्षा के रिजल्ट का दिन आया। उस दिन पास होने पर सत्यार्थीजी को घरवालों की तरफ से मिठाई खाने के पैसे मिले। उन पैसों से मिठाई खाने की बजाय उन्होंने एक हाथठेला किराए पर ले लिया। सत्यार्थीजी ने एक करीबी दोस्त को अपनी योजना बताई तो वह भी उनका साथ देने के लिए तैयार हो गया। यह 30 अप्रैल, 1965 का दिन था, तब पूरे देश में उसी तारीख को परीक्षा परिणाम घोषित होते थे।

वे दोनों हाथठेला लेकर शहर की गलियों में निकल गए। ठेले पर खड़े होकर सत्यार्थीजी जोर-जोर से चिल्लाने लगते, "अम्मा… चाचा-चाची…दीदी-भैया! आज बहुत खुशी का दिन है। आपके बच्चे पास हो गए हैं, अब उनकी पुस्तकें रद्दी में चली जाएँगी, लेकिन हमारे शहर में बहुत से ऐसे गरीब बच्चे हैं, जिनके पास पुस्तकें खरीदने के पैसे नहीं होते और वे बीच में ही पढ़ाई छोड़ देते हैं। पुरानी किताबें उन बच्चों के लिए दे दो। इससे उनका भविष्य सँवर जाएगा।" लोगों के लिए यह सब बड़ा अजीब था, क्योंकि किसी ने भी न तो कभी ऐसा देखा था, न इसकी कल्पना की थी। 11-12 साल के दो छोटे बच्चे गरीब बच्चों की पढ़ाई के लिए लोगों से गलियों में घूम-घूमकर लोगों से पुस्तकें माँग रहे थे।

लोग घरों के बाहर, छत और बालकनी आदि में निकलकर बड़ी हैरानी से उनकी बातें सुनते और भाव-विभोर होकर पुस्तकें निकाल-निकालकर ठेले में डालने लगते। देखते-ही-देखते इतनी पुस्तकें इकट्ठी हो गईं कि उन्हें सहेजना और रखना मुश्किल हो

गया। सत्यार्थीजी ने वे पुस्तकें साथ चल रहे अपने मित्र के घर पर रखवा दीं। बाद में एक शिक्षक और उस दोस्त के पिता की मदद से पुस्तकों की कक्षा और विषयवार छँटनी की गई।

जरूरतमंद बच्चों में पुस्तकें बाँट देने की बजाय, सत्यार्थीजी के मन में एक और नया विचार आया। उन्होंने सोचा कि क्यों न ये पुस्तकें गरीब और जरूरतमंद बच्चों को उधार दी जाएँ! पूरे साल वे इनसे पढ़ाई करें और पास होने के बाद उनसे पुस्तकें वापस ले ली जाएँ, फिर ये पुस्तकें दूसरे जरूरतमंद बच्चों को दे दी जाएँ। उन्होंने अपना यह आइडिया स्कूल के हेडमास्टर साहब को बताया और उनसे इस काम में मदद माँगी।

हेडमास्टरजी को यह विचार बहुत अच्छा लगा। उन्हें अपने छात्र पर गर्व हो रहा था। उन्होंने स्कूल में बच्चों को पुस्तकें देने और वापस लेने की जिम्मेदारी खुद ले ली। बाद में दूसरे स्कूल भी पुरानी पुस्तकें जमा करने के इस अभियान में शामिल हो गए। इस तरह से नन्हें कैलाश की मदद से एक 'बुक-बैंक' की स्थापना हो गई।

आगे चलकर यह बुक-बैंक इतना बड़ा हो गया कि एक सार्वजनिक पुस्तकालय ने इसे चलाने की जिम्मेदारी ले ली। ऐसी पुस्तकों का लाभ हजारों गरीब छात्रों को मिला। कैलाश सत्यार्थी की इस पहल ने गरीब बच्चों को पढ़ाई का अवसर उपलब्ध करा दिया।

बिना संसाधनों के भी बड़ी क्रांति लाई जा सकती है। बहुत

छोटी उम्र में एक छोटे, मगर अभिनव प्रयोग के साथ कैलाश सत्यार्थी ने पक्का कर दिया कि कम-से-कम उनके शहर के किसी विद्यार्थी की पढ़ाई पुस्तकों के अभाव में न रुके। इससे पता चलता है कि अगर नया आइडिया और कुछ कर गुजरने का इरादा हो तो उम्र बाधा नहीं बन सकती।

□

5

गरीब बच्चों की फीस के लिए मेले में चाय की दुकान

बुक-बैंक खुल जाने से गरीब बच्चों के लिए पुस्तकों का इंतजाम तो हो गया था, लेकिन स्कूल की फीस का इंतजाम एक बड़ी चुनौती थी। कैलाश सत्यार्थी ने इसके लिए भी एक रास्ता निकाल लिया, तब उनके शहर विदिशा में जनवरी में पूरे एक माह का रामलीला मेला लगता था। इस विशाल मेले का लोगों को साल भर इंतजार रहता। इसमें लोग खूब खरीदारी किया करते थे। सत्यार्थीजी को इस मेले से बच्चों की फीस का जुगाड़ करने का तरीका सूझा। उन्होंने सोचा कि क्यों न चाय-पकौड़े की एक दुकान खोली जाए, जिससे जरूरतमंद बच्चों की फीस का इंतजाम हो सके।

उन्होंने अपनी यह योजना कुछ मित्रों और मेला आयोजकों को बताई। मित्रों ने इस काम में साथ देने का वादा किया, तो मेला आयोजकों ने दुकान लगाने के लिए मेले की सबसे अच्छी जगह मुफ्त में दे दी। दुकान चलाने के लिए चंदा इकट्ठा किया गया।

इसके अलावा दोस्तों की मदद से चीनी-चायपत्ती, बरतन, स्टोव और दूसरे सामानों का इंतजाम किया गया। दुकान खुल गई।

यह मेले की सबसे अनोखी दुकान थी। दुकान के ऊपर एक बैनर लगा था, जिस पर लिखा था—'इस दुकान से होनेवाली कमाई से गरीब बच्चों की स्कूल की फीस भरी जाएगी।' दुकान चलानेवाले सभी छात्र-छात्राएँ थीं। पढ़ाई के दिनों में यह दुकान शाम को खुलती और छुट्टियों में पूरे दिन।

मेले में आनेवाले लोगों के लिए यह दुकान कौतूहल की बात हो गई थी। वे इस दुकान का बैनर पढ़ते और दुकान से चीजें लेकर खाते-पीते। शहर और आसपास के गाँवों से मेले में आनेवाले लोगों को भी बच्चों का यह प्रयास अच्छा लगा। उन्होंने बच्चों के इस नेक काम को अपना समर्थन दिया। देखते-ही-देखते इस दुकान की पूरे शहर में चर्चा हो गई। इसका फायदा यह हुआ कि अच्छी-खासी कमाई हुई, जिससे बच्चों की फीस का इंतजाम हो गया।

इससे उत्साहित होकर सत्यार्थीजी ने मुहर्रम के मेले में भी चाय-नाश्ते का ठेला लगाया। मेले में हुई कमाई स्कूल के हेडमास्टर के पास जमा करा दी जाती। वे अपनी समझदारी से इस रकम से गरीब बच्चों की फीस भर देते। इस प्रकार बचपन में सत्यार्थीजी के प्रयास से सैकड़ों गरीब बच्चों को शिक्षा प्राप्त कर अपना भविष्य सँवारने में मदद मिल पाई। यह सिलसिला कई साल तक चलता रहा। इसका एक और नतीजा यह हुआ कि उन्हें खाना पकाने में बड़ी रुचि हो गई और कई तरह के पकवान बनाना सीख

गए। आज भी वे अपने साथियों को अपने हाथों से कुछ-न-कुछ बनाकर अकसर खिलाते रहते हैं।

कहते हैं अँधेरे को कोसने से बेहतर है कि खुद को दीपक बनाया जाए। सत्यार्थीजी ने यही किया। अँधेरे से लड़ने के लिए वे दीपक बने रहे। उनके दीपक से निकला उजाला आज करोड़ों बच्चों के बचपन को सँवार रहा है।

□

6

संकल्प से बदला संविधान

एक बार की बात है। कैलाश सत्यार्थी बाल मजदूरी से छुड़ाकर मुक्ति आश्रम में लाए गए कुछ बच्चों को दाखिले के लिए पड़ोस के एक सरकारी स्कूल में ले गए थे। उनके द्वारा स्थापित 'मुक्ति आश्रम' एक ऐसा केंद्र है, जहाँ बाल मजदूरी से छुड़ाए गए बच्चों को रखा जाता है। वहाँ उनकी पढ़ाई-लिखाई, स्वास्थ्य संबंधी और दूसरी जरूरतें पूरी की जाती हैं। स्कूल के हेडमास्टर ने यह कहते हुए इन बच्चों को स्कूल में दाखिला देने से इनकार कर दिया कि एक तो इनकी उम्र ज्यादा है और दूसरे इनकी बोलचाल अच्छी नहीं है। सत्यार्थीजी ने इस बात का विरोध किया। बात यहाँ तक बढ़ गई कि हेडमास्टर ने चपरासियों और दूसरे कर्मचारियों को बुलाकर उन्हें बाहर निकलवाने का आदेश दे दिया।

लाचार होकर वे वापस आ गए और दाखिला न देने के लिए हेडमास्टर पर कानूनी काररवाई करने के लिए अपने एक वकील मित्र को फोन किया। उन मित्र ने समझाया कि आप हेडमास्टर पर कोई काररवाई नहीं कर सकते, क्योंकि किसी स्कूल की यह कानूनी

मजबूरी नहीं है कि वह हर बच्चे को दाखिला दे ही।

काफी सोच-विचार के बाद सत्यार्थीजी को इस समस्या का जो समाधान मिला, वह था शिक्षा को मौलिक अधिकार बनवाना। किसी भी देश में मौलिक अधिकार ऐसे हक होते हैं, जिन्हें दिलाना सरकार की जिम्मेदारी होती है। शिक्षा को मौलिक अधिकार बनवाने के लिए संविधान में बदलाव जरूरी था। यह काम देश की संसद् को करना था। यह एक मुश्किल और चुनौती भरा काम था, लेकिन सत्यार्थीजी हार मानकर घर बैठनेवाले व्यक्ति नहीं हैं।

इसके लिए उन्होंने लोगों के बीच जाकर जागरूकता फैलाना और शिक्षकों तथा छात्र संगठनों को संपर्क करना शुरू किया। वे बहुत से संसद् सदस्यों से भी मिले और इसके लिए समर्थन माँगा। धीरे-धीरे शिक्षा का अधिकार आम लोगों और मीडिया में चर्चा का एक मुद्‌दा बन गया। आंदोलन ने तेजी पकड़ी। उसके बाद सत्यार्थीजी उस समय के प्रधानमंत्री श्री अटल बिहारी वाजपेयी से भी मिले और कानून में बदलाव की माँग की, लेकिन वाजपेयीजी ने यह कहते हुए अपनी मजबूरी बताई कि संविधान में बदलाव करने के लिए उनकी सरकार के पास दो-तिहाई सांसदों का समर्थन नहीं है। सत्यार्थीजी ने तब विपक्षी पार्टी की नेता श्रीमती सोनिया गांधी से मिलकर भी अपनी माँग रखी, लेकिन कोई ठोस हल नहीं निकल पाया।

ऐसे में निराश होने की बजाय सत्यार्थीजी ने जनता के बीच जाने और शिक्षा को मौलिक अधिकार बनाने के लिए आंदोलन

करने का इरादा किया। सन् 2001 में देशभर में एक 'शिक्षा यात्रा' शुरू की। यह यात्रा 20 राज्यों से होकर गुजरी और 15,000 किलोमीटर की दूरी तय की। उसमें सैकड़ों स्वयंसेवी संगठनों और छात्रों व शिक्षकों के संगठनों ने भी भाग लिया। यात्रा के दौरान सांसदों से भी संपर्क किया गया। साथ ही उन्होंने 'शिक्षा के लिए संसदीय फोरम' का भी गठन किया, जिसमें अलग-अलग पार्टियों के 163 संसद् सदस्य शामिल हुए थे।

यात्रा पूरी होने पर दिल्ली के रामलीला मैदान में एक विशाल जनसभा का आयोजन किया गया, जिसमें 50 हजार से ज्यादा लोग इकट्ठे हुए। मीडिया में भी इस यात्रा की खूब चर्चा रही। इससे सरकार और विपक्षी दलों पर बहुत दबाव बना। आखिरकार दिसंबर 2002 में संविधान संशोधन के जरिए शिक्षा को मौलिक अधिकार बना दिया गया, लेकिन सत्यार्थीजी का संघर्ष जारी रहा। लगभग सात साल बाद सन् 2009 में भारत में शिक्षा का अधिकार काननू बन गया। इसका लाभ देश के करोड़ों बच्चों को मिल रहा है और आनेवाली सभी पीढ़ियों को मिलता रहेगा।

श्री कैलाश सत्यार्थी हर चुनौती को एक अवसर के रूप में देखते हैं। वे अपने संघर्ष, आत्मबल और संकल्प के जरिए बड़ी-से-बड़ी चुनौती पर विजय पा लेते हैं। वे जानते हैं कि किसी विषय पर जागरूकता पैदा करके आम लोगों को साथ लेकर समाज में बड़े-से-बड़े बदलाव की कहानी लिखी जा सकती है।

□

7

इस तरह रुकवाया सरकारी गाड़ियों का दुरुपयोग

दसवीं कक्षा के बाद श्री कैलाश सत्यार्थी का दाखिला विदिशा के ही एस.एस.एल. जैन हायर सेकेंडरी स्कूल में करा दिया गया। इस स्कूल में अफसरों के बच्चे भी पढ़ते थे। उन बच्चों को सरकारी गाड़ियाँ स्कूल छोड़ने आती थीं, तब 15 साल के सत्यार्थीजी को समझ आ गया कि यह सरकारी गाड़ियों का दुरुपयोग है। ये गाड़ियाँ अफसरों को सरकारी कामकाज के लिए दी गई हैं। बच्चों को स्कूल छोड़ने और अधिकारियों की पत्नियों द्वारा शॉपिंग के लिए इनका इस्तेमाल किया जाना अनुचित है। सत्यार्थीजी ने इसके विरोध का मन बना लिया।

उन्होंने अपने दोस्तों से इस बारे में बात की और उन्हें भी समझाया कि यह सरकारी संसाधनों का दुरुपयोग है। विदिशा का प्रसिद्ध रामलीला मेला देखने शहर के अधिकारियों की पत्नियाँ और बच्चे इन्हीं गाड़ियों में ही आते थे। सत्यार्थीजी ने मेले में ही लालबत्ती गाड़ियों के दुरुपयोग के विरोध की योजना बना ली। तय हुआ कि

रविवार को इसका विरोध किया जाएगा। वह दिन इसलिए चुना गया, क्योंकि इस दिन भीड़ ज्यादा होती थी।

मेला देखने के बाद जब शाम को अधिकारियों के परिवारों का घर लौटने का समय हुआ, तभी सत्यार्थीजी अपने 12-15 दोस्तों के साथ पार्किंग में पहुँच गए। वे सभी लालबत्ती वाली गाड़ियों के आगे लेट गए। पुलिस और ड्राइवर उन्हें हटाने लगे। इस हंगामे में लोगों की भीड़ जुट गई और वे भी इसका समर्थन करने लगे। उत्साहित सत्यार्थीजी और उनके साथियों ने इसके बाद एस.पी. और डी.एम. की गाड़ी का घेराव कर लिया और नारे लगाने लगे—"सरकारी गाड़ियों का दुरुपयोग बंद करो!" "जनता की कमाई का दुरुपयोग बंद करो!" "बीबी-बच्चों को सरकारी गाड़ियों में घुमाना बंद करो!"

जनता के शामिल होने से देखते-ही-देखते यह प्रदर्शन बड़ा हो गया। लोग गाड़ियों पर चढ़कर शोर मचाने लगे। सत्यार्थीजी ने उन गाड़ियों की चाबियाँ निकालकर अपने पास रख लीं। उन्होंने पुलिसवालों को साफ बोल दिया कि वे डरनेवाले नहीं हैं और यहाँ से तभी हिलेंगे, जब डी.एम. साहब आकर उन्हें यह भरोसा देंगे कि गाड़ियों का दुरुपयोग अब नहीं होगा। विरोध को बढ़ता देखकर कुछ देर में डी.एम. को आना पड़ा। उन्होंने सत्यार्थीजी से समझौता करते हुए उनकी माँगें मान लीं।

अगले दिन के सभी अखबारों में इस घटना की खूब चर्चा थी। शहर के लोगों ने सत्यार्थीजी और उनके दोस्तों के इस प्रयास की

बड़ी तारीफ की। इस तरह से सत्यार्थीजी के प्रयास से विदिशा में तब सरकारी गाड़ियों का दुरुपयोग रुक गया।

नैतिकता की आवाज से शक्तिशाली कोई आवाज नहीं होती। हमें गलत और सही में फर्क करना सीखना चाहिए। जो चीज सही है, उसका समर्थन करना चाहिए और गलत चीज का विरोध करने से जरा भी पीछे नहीं हटना चाहिए। कैलाश सत्यार्थीजी ने इसे साबित किया।

□

8

दिव्यांगों से खास लगाव

कुछ लोगों के शरीर में दुर्घटना, बीमारी या फिर जन्म से ही उनके अंगों में कोई कमी हो जाती है। उनका कोई अंग ठीक ढंग से काम नहीं कर पाता, इसलिए उन्हें बड़ी मुश्किलों का सामना करना पड़ता है। सबसे बुरी बात यह है कि लोग उनका मजाक उड़ाने लगते हैं। उन्हें इज्जत और बराबरी के नजरिए से नहीं देखा जाता। परिवारों में भी उनके साथ भेदभाव होता है। इसलिए वे खुद ही डरे-डरे और सहमे-सहमे रहने लगते हैं। उन्हें कभी 'अपंग', कभी 'विकलांग' तो कभी 'दिव्यांग' कहा जाता है, लेकिन उन्हें दूसरे लोगों जैसा सम्मान और सुविधाएँ नहीं मिल पातीं।

कैलाश सत्यार्थी के नजदीकी दोस्तों में ज्यादातर वे लोग ही रहे हैं, जो निर्धन, उपेक्षित, अछूत या विकलांग माने जाते थे। स्कूल और कॉलेज के दिनों में वे अपने गृहनगर विदिशा में एक खास वजह से चर्चित थे। वे दिव्यांगों की मदद के लिए भी जाने जाते थे। कोई दिव्यांग दिखा तो उसे साइकिल पर बैठाकर उसके घर या स्कूल तक ले जाते थे।

तब उनके पाँच दिव्यांग दोस्त हुआ करते थे। उनके नाम प्रकाश सोनी, चौधरी मुनव्वर सलीम, गोविंद शरण कानूनगो, राम दुलारे शर्मा और भुवनेश्वर एलिया हैं। प्रकाश सोनी और मुनव्वर सलीम के पैर बचपन में किसी दुर्घटना में खराब हो गए थे। गोविंद और राम दुलारे के हाथ और पाँव में लकवा मार गया था, जबकि भुवनेश्वर जन्म से ही अंधे थे। वे सभी अलग-अलग जातियों, धर्मों, विचारधाराओं के थे और उनके स्वभाव भी एक-दूसरे से अलग थे। इन पाँचों में से एक या दो तो अकसर सत्यार्थीजी के साथ होते ही थे। हालाँकि उन सबकी आपस में नहीं बनती थी, फिर भी चाय की दुकान, मंदिर, नदी के घाट या कैलाशजी का घर ही ऐसे स्थान होते थे, जहाँ वे सभी एकसाथ कैलाशजी के साथ देखे जा सकते थे।

कैलाशजी खुद साइकिल चलाने के बहुत शौकीन थे। इसलिए वे अपने विकलांग दोस्तों को बैठाकर टहलाते रहते थे। कभी-कभी तो उनकी साइकिल पर एक साथ दो दोस्त भी हो जाते थे। ऐसे में एक को आगे और दूसरे को पीछे बिठा लेते। जब पाँचों साथ होते तो सत्यार्थीजी अपने साइकिल वाले दूसरे दोस्तों की मदद लेते थे। कई लोग इसके लिए उनका मजाक भी उड़ाते और कहते कि तुम क्यों इन विकलांगों के चक्कर में पड़े रहते हो? तुम इनकी सेवा और देखभाल में अपना कितना समय बरबाद कर देते हो? इतना समय पढ़ाई पर दोगे तो और अच्छे नंबर आएँगे। अकसर घर वाले भी ऐसा उलाहना दे देते, लेकिन इन सबसे बेपरवाह सत्यार्थीजी उनकी सेवा में लगे रहते।

प्रकाश सोनी स्कूल से लेकर कॉलेज के दिनों तक साथ रहे। गरीब परिवार के प्रकाश सोनी को सत्यार्थीजी बहुत स्नेह करते थे, उन्हें पाँच सालों तक अपनी साइकिल पर बैठाकर स्कूल या कॉलेज ले जाते थे। यह उनकी दिनचर्या का अंग था। बाद में प्रकाश भी धीरे-धीरे साइकिल चलाने लगे थे। सत्यार्थीजी और उनके साथी प्रकाश सोनी के साथ-साथ पैदल चलते और बीच-बीच में जब साइकिल का बैलेंस बिगड़ता तब वे उनको सँभाल लेते। चौधरी मुनव्वर सलीम को इतना स्नेह दिया कि वे सत्यार्थीजी को अपना बड़ा भाई मानते थे और उनकी अम्मी उन्हें अपना बड़ा बेटा। राज्यसभा सांसद रहे चौधरी की हाल ही में मृत्यु हुई है। अंत समय तक उनकी सत्यार्थीजी से घनिष्टता और पारिवारिक रिश्ते बने रहे।

अयोध्या में बाबरी मसजिद को ढहाए जाने के बाद देश भर में सांप्रदायिक दंगे शुरू हो गए थे। विदिशा भी इससे अछूता नहीं था। मुनव्वर सलीम का परिवार शहर छोड़कर मुसलिम इलाके में जाने के लिए तैयार था। ऐसे में सलीम की अम्मी ने कहा कि कैलाश को बुलाओ, वह जो कहेगा, हम वही करेंगे। संदेशा मिलते ही फौरन सत्यार्थीजी दिल्ली से विदिशा रवाना हुए और सलीम के परिवार की सुरक्षा की गारंटी लेते हुए उन्हें अपना घर छोड़कर कहीं और जगह जाने से मना कर दिया।

मुनव्वर सलीम और उनके परिवार का विश्वास देखिए कि हिंदू कैलाश सत्यार्थी की बात मानकर वे अपना घर छोड़कर मुसलिम बस्ती में रहने नहीं गए। उनके ऐसे ही गहरे रिश्ते गोविंद

कानूनगो, राम दुलारे शर्मा और भुवनेश्वर एलिया से भी थे।

बुक-बैंक खोलने, सरकारी गाड़ियों का गलत उपयोग रोकने आदि कामों के कारण बहुत सारे युवा सत्यार्थीजी का बड़ा सम्मान करते थे, जब उन्होंने सत्यार्थीजी के मन में विकलांगों के लिए इतना प्रेम देखा तो धीरे-धीरे उनकी भी सोच बदलने लगी। उन्होंने विकलांगों का मजाक बनाने की बजाय उनकी इज्जत और सहायता करनी शुरू कर दी।

□

9

दलितों के घर यज्ञ

सत्यार्थीजी ब्राह्मण परिवार में जनमे थे। उन्हें धर्म और जाति के नाम पर होनेवाले भेदभाव और कट्टरता से बचपन से ही सख्त नफरत थी। इन्हीं कारणों से उनका झुकाव आर्य समाज की तरफ हो गया। आर्य समाज जात-पाँत और अंधविश्वास का विरोध करनेवाली संस्था है, लेकिन सत्यार्थीजी ने देखा कि आर्य समाज में भी वही सारी बुराइयाँ आ रही हैं, जिनका तो वे विरोध करते आए थे। उन्हें इसके खिलाफ अपने शहर विदिशा में आर्य समाज का एक नया संगठन बनाना पड़ा। तब उनकी उम्र 20 साल से भी कम थी।

इसके पीछे की एक कहानी है। आर्य समाज मंदिर के अंदर ही हर सप्ताह यज्ञ और सत्संग होता था। कई सालों से उसमें कुछ गिने-चुने लोग ही शामिल हो रहे थे। सत्यार्थीजी ने आर्य समाज के बड़े नेताओं को सुझाव दिया कि हमें ऐसे लोगों को भी करीब लाना चाहिए, जिन्हें समाज में अछूत माना जाता है। हमें किसी दलित के घर में जाकर यज्ञ और सत्संग करना चाहिए। इससे आर्य समाज

को मंदिरों से निकालकर आम लोगों तक पहुँचाया जा सकेगा। आर्य समाज की शुरुआत करनेवाले स्वामी दयानंद भी यही चाहते थे। नीची समझी जानेवाली जातियों के अछूत माने जानेवाले लोगों को उन दिनों 'हरिजन' कहा जाता था। आजकल 'दलित' कहा जाता है।

आर्य समाज के अधिकारियों ने सत्यार्थीजी के क्रांतिकारी विचारों का विरोध किया, लेकिन वे इससे घबराए नहीं और उन्होंने किसी की परवाह किए बिना दलितों के घरों में साप्ताहिक यज्ञ और सत्संग शुरू कर दिया। सैकड़ों सालों से उन दलितों के घरों में कभी इस तरह का कोई धार्मिक कार्यक्रम नहीं हुआ था, जिसमें सभी जातियों के लोग शामिल हुए हों। जिस दलित के घर में यज्ञ-सत्संग होता, उसे और उसके साथ-साथ पूरे मोहल्ले को इस दिन का इंतजार रहता था, क्योंकि इससे समाज में उनकी इज्जत बढ़ जाती थी।

इसका परिणाम यह हुआ कि सदियों से अलग-थलग पड़े और अछूत समझे जानेवाले लोगों में आत्मसम्मान जागने लगा। शहर के आम लोगों में भी आर्य समाज के बारे में जानकारी और रुचि बढ़ी। वे समझने लगे कि भेदभाव और ऊँच-नीच खत्म करके आपस में मिलने-जुलने से ही सबकी भलाई हो सकती है। पुरानी सोचवाले आर्य समाज के नेताओं को भी अपनी भूल का अहसास हुआ और उन्होंने सत्यार्थीजी की बात मान ली।

हम जिन संस्थाओं या संगठनों से जुड़े हों, उनमें समय-समय

पर कमियाँ आती रहती हैं, अगर हम आँख मूँदकर उन बातों को मानते जाएँ तो उनकी कमियाँ बढ़ती जाती हैं। इसलिए हमें सबकुछ चुपचाप सहते नहीं जाना चाहिए, बल्कि कमियों का विरोध करना चाहिए, जैसे सत्यार्थीजी ने आर्य समाज को पूरी तरह छोड़ देने की बजाय उसमें सुधार की पहल की और सफल हुए।

□

10

नाथद्वारा मंदिर में पहली बार दलितों का प्रवेश

श्री कैलाश सत्यार्थी बचपन से ही छुआछूत और जातिवाद के खिलाफ थे। 15 साल की उम्र में ही उन्होंने गांधी जयंती पर दलितों के साथ सहभोज करके छुआछूत के खिलाफ विद्रोह कर दिया था। उन्होंने अपने नाम से जातिसूचक शब्द निकालते हुए अपना नाम कैलाश शर्मा से बदलकर कैलाश सत्यार्थी कर लिया था। नाम बदलने के 19 साल बाद उन्होंने फिर एक बार छुआछूत और जातिवाद के खिलाफ जबरदस्त पहल की।

राजस्थान में उदयपुर के पास नाथद्वारा में श्रीनाथजी का एक प्रसिद्ध मंदिर है। चार सौ साल पुराने इस मंदिर में दलितों का अंदर घुसना मना था। मंदिर के मुख्य द्वार पर पत्थर पर लिखा हुआ था, "शूद्रों एवं विधर्मियों का मंदिर में प्रवेश वर्जित है।" कैलाश सत्यार्थी ने इस अन्याय का विरोध किया। जन्मदिन पर सत्यार्थीजी ने उस मंदिर में दलितों को दर्शन और पूजा-पाठ का हक दिलाकर सैकड़ों साल से चले आ रहे भेदभाव का अंत कर दिया। यह करा पाना

इतना आसान नहीं था। इस कोशिश में सत्यार्थीजी बुरी तरह घायल हुए और उनकी जान जाते-जाते बची।

उससे पहले भी एक बार सत्यार्थीजी दलितों को नाथद्वारा मंदिर में ले जाने की कोशिश कर चुके थे, लेकिन वहाँ की ऊँची जाति के लोगों, खासकर मंदिर के पंडा-पुजारियों के विरोध के कारण वे सफल नहीं हो सके थे।

लेकिन सत्यार्थीजी कहाँ हार माननेवाले थे? उन्होंने जो ठान लिया, उसे तो करना ही है। वे चुप नहीं बैठे और अगला कदम उठाने के लिए लोगों से सलाह-मशविरा करने लगे। लोगों की सलाह पर उन्होंने अदालत का दरवाजा खटखटाया। राजस्थान हाई कोर्ट में एक याचिका दायर करके सरकार से नाथद्वारा मंदिर में प्रवेश करनेवाले दलितों को सुरक्षा दिलाने की माँग की गई। अदालत ने सरकार को आदेश दिया कि वह भगवान् श्रीनाथ के दर्शन के इच्छुक दलितों के मंदिर में प्रवेश और दर्शन की व्यवस्था करे।

यह 2 अक्तूबर, 1988 की बात है। सत्यार्थीजी ने अपने कुछ दलित साथियों के साथ नाथद्वारा मंदिर में प्रवेश कर पूजा-अर्चना की योजना बनाई। तय किया गया कि दलितों के एक दल के साथ उदयपुर से मंदिर तक पदयात्रा होगी और इसके बाद मंदिर में प्रवेश किया जाएगा।

जिसके बाद उनके नेतृत्व में दलितों का एक जत्था मंदिर जा पहुँचा, जैसे ही वे लोग फाटक खोलकर मंदिर के आँगन में घुसे, वहाँ पहले से छुपकर बैठे पंडे-पुजारियों ने उन पर लाठी-डंडों और

सरियों आदि से हमला कर दिया। चारों तरफ भगदड़ मच गई। सत्यार्थीजी बुरी तरह घायल हो गए थे। शोर सुनकर जब तक पुलिस अंदर पहुँची, तब तक हमलावर भागकर छुप चुके थे।

पंडों की योजना तो सत्यार्थीजी को जान से मारने की थी। वे घायल होकर खून से लथपथ मंदिर के एक कोने में पड़े हुए थे और पुलिस से इस बात के लिए जिद कर रहे थे कि जब तक उनके साथी सही सलामत नहीं मिल जाते, तब तक वे मंदिर में ही जमे रहेंगे, अस्पताल नहीं जाएँगे। यह बहस चल ही रही थी कि कुछ पुलिसवाले भागते हुए आए और सत्यार्थीजी को धकेलकर एक कोने में छुपा दिया। पुलिस को पता चला कि मंदिर की मुँड़ेर पर कुछ लोग मटके में तेजाब लेकर बैठे हैं। उनकी यह योजना थी कि मौका पाते ही सत्यार्थीजी पर तेजाब उड़ेल दिया जाए।

खैर, पुलिस की मदद से उनके सभी साथी सही-सलामत मिल गए। दलितों को मंदिर में ले जाकर श्रीनाथजी का दर्शन और पूजा-अर्चना कराई गई। इसके बाद ही वे इलाज के लिए अस्पताल गए। जो व्यक्ति नेतृत्व करता है, उसे संकट में अपने साथियों को छोड़कर नहीं भागना चाहिए। सत्यार्थीजी यदि पुलिस की बात मानकर अस्पताल चले गए होते तो उनके कुछ साथियों की शायद जान भी जा सकती थी।

इस घटना की गूँज देशभर में सुनाई दी। इसी के बाद, तब के राष्ट्रपति आर. वेंकटरमनजी ने स्वयं दलितों के साथ नाथद्वारा मंदिर जाने की इच्छा जाहिर की। वह राजस्थान की सरकार के लिए बहुत

शर्मनाक बात थी। इसलिए राज्य के मुख्यमंत्री दलितों के एक दल के साथ नाथद्वारा मंदिर पहुँच गए।

इस तरह से मंदिर की दीवार पर लिखी सदियों पुरानी सूचना 'शूद्रों एवं विधर्मियों का मंदिर में प्रवेश वर्जित है' को सत्यार्थीजी ने अपने खून से धो डाला।

दुनिया भर में ऐसी कई परंपराएँ हैं, जो इनसान और इनसानियत को अपमानित करती हैं। उनको चुनौती देने के लिए बहुत साहस की जरूरत होती है। महान् लोग इसके लिए अपनी जान की बाजी लगाने से भी पीछे नहीं हटते और खत्म करके ही दम लेते हैं, जैसा सत्यार्थीजी ने नाथद्वारा में किया।

□

11

परिवार की जान जोखिम में डाल बचाई सिख पड़ोसी की जान

भारत की प्रधानमंत्री श्रीमती इंदिरा गांधी की हत्या के बाद देशभर में दंगे शुरू हो गए थे। जिन दो अंगरक्षकों ने गोलियाँ मारकर उनकी हत्या कर दी थी, वे सिख थे। दिल्ली में भी भीड़ ढूँढ़-ढूँढ़कर सिखों की हत्या कर रही थी। उनके घरों में आग लगाकर लोगों को जिंदा जला रही थी। तब कैलाश सत्यार्थी अपनी पत्नी और पाँच साल के बेटे के साथ दिल्ली के कालकाजी की जे.जे. कॉलोनी, यानी झुग्गी-झोंपड़ी कॉलोनी में रहते थे। वहाँ पर सरकार ने झुग्गी-बस्तियों से उजाड़े गए लोगों को एक-एक कमरे का फ्लैट देकर बसाया था।

इनमें से बहुत से लोगों ने अपने फ्लैट बेच दिए थे या फिर किराए पर दिए हुए थे। चार मंजिला बिल्डिंग के ऐसे ही एक फ्लैट में सत्यार्थीजी का परिवार रहता था। इनके एक पड़ोसी ड्राइवर थे तो दूसरे रजाई बनाने का काम करते थे। बगलवाले पड़ोसी सरदार हरदेव सिंह थे। वे आरा मशीन पर काम करते थे।

1 नंवबर, 1984 की बात है। सुबह से ही दंगाइयों की भीड़ ने सिखों की हत्या करनी शुरू कर दी थी। अपनी बालकनी से उस भीड़ को देखकर सत्यार्थीजी को अपने पड़ोसी सरदार हरदेव सिंह की चिंता हुई। वह सिख परिवार उनके दरवाजे के ठीक सामनेवाले फ्लैट में रहता था। पता चला कि सरदारजी तो सुबह-सवेरे ही आरा मशीन पर नौकरी करने चले गए थे। उनकी पत्नी के अलावा 16 और 18 साल की दो बेटियाँ और 8 साल का एक बेटा घर में थे। खतरे को भाँपते हुए सत्यार्थीजी उन सभी को तुरंत अपने घर ले आए। बेटियों और बेटे को पलंग के बॉक्स में छुपा दिया, जबकि पत्नी को बाथरूम में। सरदारजी के घर के दरवाजे पर ताला जड़ दिया।

किसी ने दंगाइयों को हरदेव सिंह के मकान की जानकारी दे दी थी। वे उन्हें खोजते हुए मोहल्ले में आए थे। सत्यार्थीजी फौरन बाहर निकल आए और उनसे बात कर उन्हें गुमराह करने की कोशिश करने लगे। भीड़ ने जब सरदारजी के बारे में पूछा तो उन्होंने यह कहकर टरका दिया कि उनके घर पर तो ताला लगा है। वे लोग सुबह ही कहीं चले गए हैं। कुछ लोग ऊपर तक आए और दरवाजे पर ताला लगा देखकर लौट गए।

तब जिस तरह का माहौल था, सत्यार्थीजी का ऐसा करना अपना और अपने परिवार की जान जोखिम में डालना था। संभव है, कुछ अन्य पड़ोसियों ने सिख परिवार को घर में ले जाते हुए सत्यार्थीजी को देखा होगा। अगर उनमें से किसी ने दंगाइयों को यह

बात बता दी होती, तो भीड़ सरदारजी के परिवार के साथ-साथ उनके परिवार को भी न छोड़ती।

सरदारजी की पत्नी और बच्चे उनकी चिंता में रोए जा रहे थे। हरदेव सिंह को लेकर सत्यार्थीजी भी चिंतित थे। उन्होंने अपने एक-दूसरे पड़ोसी से बात की और उन्हें सरदारजी को खोजने के लिए अपने साथ चलने को राजी कर लिया। वे दोनों स्कूटर लेकर सरदारजी को खोजने निकल पड़े, जो भोगल की एक आरा मशीन पर काम करते थे। वहाँ रहनेवाले ज्यादातर परिवार सिख थे। उस बस्ती में बहुत खून-खराबा हुआ था।

सत्यार्थीजी भोगल की गलियों में सरदारजी को तलाशने लगे। वे एक चाय की दुकान में छुपे मिल गए। उन्होंने सत्यार्थीजी को पहचान लिया और उनके पास आ गए। उन्होंने दंगाइयों से बचने के लिए अपनी दाढ़ी और बाल कटाकर हुलिया बदल लिया था। उन्होंने स्कूटर पर सरदारजी को बीच में बिठाया और खुद स्कूटर चलाते हुए उन्हें सुरक्षित घर ले आए। इस तरह से अपनी जान की बाजी लगाकर सत्यार्थीजी ने पड़ोसी धर्म निभाया और एक सिख परिवार की जान बचाई।

□

12

धोखेबाज रासोश की खून देकर मदद

कैलाश सत्यार्थी ने 1993 में बाल मजदूरी के खिलाफ पहली जन-जागरूकता यात्रा आयोजित की थी। यह यात्रा नगर उटारी से शुरू होकर दिल्ली में समाप्त हुई थी। नगर उटारी तब बिहार में होता था, आज वह झारखंड का हिस्सा है। उस समय बिहार, खासकर नगर उटारी के आसपास के इलाके से बड़े पैमाने पर बच्चों को ट्रैफिकिंग के जरिए कालीन उद्योग में काम कराने के लिए उत्तर प्रदेश के मिर्जापुर और भदोही ले जाया जाता था। इस यात्रा में 'बचपन बचाओ आंदोलन' के कार्यकर्ताओं के अलावा अन्य संगठनों से जुड़े लोग और सामाजिक कार्यकर्ता भी शामिल थे। ऐसे ही एक सामाजिक कार्यकर्ता थे—रासोश।

रासोश का असली नाम था—राम सोहावन शर्मा। नाम के पहले अक्षरों को मिलाकर उन्होंने अपना एक अलग नाम रख लिया था। रासोश अपने एक सहयोगी के साथ यात्रा में एक साजिश के तहत शामिल हुए थे। वे बिहार के किसी छोटे एन.जी.ओ. से संबंध

रखते थे। बिहार और उत्तर प्रदेश के कई जिलों और देहातों से गुजरकर यात्रा दिल्ली पहुँची। अगले ही दिन एक अखबार में उन दोनों का बयान छपा देखकर सभी यात्रियों को बहुत धक्का लगा। बयान में सत्यार्थीजी पर गंदे-गंदे आरोप लगाए गए थे। जैसे; वे सुबह से ही शराब के नशे में धुत्त रहते हैं, कार्यकर्ताओं के साथ बुरा व्यवहार करते हैं, यात्रियों को गंदी जगहों पर ठहराकर, भूखा-प्यासा छोड़ देते हैं, जबकि खुद महँगे होटलों में खूबसूरत लड़कियों के साथ ठहरते हैं, आदि आदि।

रासोश के लगाए आरोपों को पढ़-सुनकर कई यात्रियों को बहुत गुस्सा आया तथा वे उनको सबक सिखाने की भी बात करने लगे, लेकिन सत्यार्थीजी ने सभी को शांत रहने व धैर्य रखने को कहा। उन्होंने कहा कि समय आने पर दूध का दूध और पानी का पानी हो जाएगा। झूठ के पाँव नहीं होते।

बाद में इस बात का खुलासा हुआ कि रासोश और उसके साथी जनार्दन ने कालीन का कारखाना चलानेवालों के कहने पर पैसा लेकर ये सब काम किया था। इन कारखानों में बड़ी संख्या में बच्चों से मजदूरी कराई जाती थी। दोनों दिल्ली में कारखाना मालिकों के साथ एक महँगे होटल में ठहरे थे। इसके अलावा वे दोनों उन रजिस्टरों को भी चुराकर ले गए, जिनमें यात्रा के दौरान मिले लोगों के नाम, पते, टेलीफोन नंबर आदि लिखे थे।

इस घटना के सालों बाद एक दिन सत्यार्थीजी के घर के नंबर पर एक फोन कॉल आया। संयोग से फोन उन्हीं ने उठाया। दूसरी

तरफ से किसी महिला की आवाज थी, "मैं रासोश की पत्नी बोल रही हूँ। मुझे आपका यह नंबर मेरे पति ने ही दिया है। उन्हें टी.बी. रोग हो गया है और दिल्ली के अस्पताल में भर्ती हैं। हमारे पास दवा और खाने के भी पैसे नहीं हैं। कई लोगों से मदद की गुहार की, लेकिन कोई आगे नहीं आया। मेरे पति ने कहा है कि आप मेरी मदद अवश्य करेंगे।"

सत्यार्थीजी तुरंत ही अपनी मोटरसाइकिल उठाकर अस्पताल की तरफ रवाना हो लिये। उन्होंने रासोश को अस्पताल जाकर हिम्मत बँधाई। इसके साथ ही उसको वे पैसे भी दे दिए, जो उन्होंने पेट्रोल भरवाने के लिए रखे थे। डॉक्टरों से बात करने पर पता लगा कि रासोश को टी.बी. के अलावा और कई तरह की गंभीर बीमारियाँ हैं। डॉक्टरों ने कहा कि मरीज को खून की सख्त जरूरत है, जो अभी दिया जाना चाहिए। सत्यार्थीजी ने डॉक्टरों से कहा कि आप तुरंत मेरा खून लेकर चढ़ाने की व्यवस्था करें। उन्होंने खुशी-खुशी अपना खून दे दिया। यह देखकर रासोश की आँखों में आँसू आ गए, हालाँकि वह कुछ भी बोल पाने की स्थिति में नहीं था।

सत्यार्थीजी अस्पताल से वापस अपने घर आ गए और दवाइयों आदि के लिए दो हजार रुपए की व्यवस्था करके अस्पताल भिजवाया। बिना इस मलाल के कि यह वही आदमी है, जिसने साजिश कर उनको बदनाम करने की कोशिश की थी, सत्यार्थीजी उसकी मदद के लिए पहुँच गए। इतना ही नहीं, उसको खून की जरूरत थी तो अपना खून भी दिया। साथ ही उसकी पत्नी को यह

आश्वासन देकर लौटे कि और भी मदद की जरूरत हो तो बताना। इसके थोड़े दिन बाद ही रासोश की मृत्यु हो गई।

रासोश ने इतने बड़े जन–आंदोलन की पीठ में छुरा भोंकने की साजिश रची थी और सत्यार्थीजी के बारे में झूठी खबरें छपवाकर बदनाम करने की कोशिश की थी, फिर भी ऐसे धोखेबाज की पत्नी के सिर्फ एक कॉल पर वे उसकी जान बचाने के लिए अपना खून देने पहुँच गए।

धोखेबाज को भी क्षमा कर देना और मुश्किल समय में उसकी मदद करना एक महान् व्यक्ति की ही पहचान है।

□

13

कबाड़ का सोफा

कैलाश सत्यार्थीजी को नोबेल शांति पुरस्कार मिलने की घोषणा के बाद कई दिनों तक लोग नई दिल्ली के उनके कालकाजी वाले दफ्तर में बधाई देने आते रहे। जो लोग उनके कमरे में आते, उनकी नजर वहाँ रखे बाँस के पुराने सोफे पर आकर टिक जाती। बाँस की फ्रेम पर सुतली से बुना वह सोफा लोगों का ध्यान खींच लेता। लोगों को लगता था कि यह खास सोफा बड़ा महँगा होगा, लेकिन ऐसा नहीं था। असलियत में उन्होंने कई साल पहले इस पुराने टूटे-फूटे सोफे को कबाड़ी से खरीदा और खुद ही इसकी मरम्मत और रंग-रोगन करके तैयार किया था।

सत्यार्थीजी अपने ऊपर पैसे खर्च करने के मामले में बहुत कंजूस हैं, शायद यही वजह है कि वे अपनी जेब में पैसे नहीं रखते। अपनी निजी सुख-सुविधा के वे विरोधी रहे हैं। अभी भी कई बार वे पुराने और खस्ताहाल कपड़े पहनकर दफ्तर आ जाते हैं, हालाँकि नोबेल पुरस्कार मिलने के बाद वे भारत ही नहीं दुनिया के गौरव हैं और धरोहर भी। नोबेल शांति पुरस्कार से सम्मानित पूरी दुनिया

में लगभग दो दर्जन लोग ही जीवित हैं। सत्यार्थीजी उनमें से एक हैं। इसलिए संगठन के लोग और चाहनेवाले उनकी लंबी उम्र की कामना करते हुए उनकी सुख-सुविधाओं का पूरा ध्यान रखते हैं, लेकिन सत्यार्थीजी फिजूलखर्ची के सख्त विरोधी हैं।

'बचपन बचाओ आंदोलन' के उनके पुराने साथी संघर्ष के दिनों को याद करके बताते हैं कि कैसे सत्यार्थीजी संगठन के लिए पाई-पाई बचाकर जोड़ते थे। अंतरराष्ट्रीय संस्थाओं द्वारा सम्मेलनों आदि में हिस्सा लेने के लिए विदेश दौरों के दौरान वे पैदल चलकर और एक वक्त का भोजन फुटपाथ पर करके डीए (विदेश में आमंत्रित करनेवाली संस्थाएँ आगंतुक को रोज के खर्च के लिए कुछ पैसे देती हैं।) के पैसे बचा लेते थे। इन रुपयों को वे आंदोलन के कार्यों में जुटे लोगों से मिलने-जुलने पर खर्च करते।

इतना ही नहीं, वे दफ्तर के लिए फर्नीचर आदि कबाड़ी से खरीदकर लाते थे। इंजीनियरिंग की पढ़ाई का फायदा उठाते हुए खुद ही उसकी मरम्मत कर रंगाई-पुताई करते और उपयोग लायक बनाते। इंजीनियरिंग की पढ़ाई में कारपेंटरी आदि भी सिखाई जाती है, वैसे ये हुनर उन्हें बचपन में अपने पिता से मिले हैं। पिता के साथ वे घर के लकड़ी आदि के सामान की मरम्मत करते। उनके साथ काम करके वे घर की चिनाई और खपरैल छाना भी सीख गए थे।

इंजीनियरिंग की नौकरी छोड़कर अपना जीवन बच्चों को समर्पित करनेवाले कैलाश सत्यार्थी का लंबा जीवन अभाव और संघर्ष में बीता है। जब वे अस्सी के दशक में विदिशा से दिल्ली

आए तो एक सरकारी अधिकारी के आवास के छोटे से स्टोर रूम में किराए पर रहते थे और अखबार के बंडलों का बिस्तर बनाकर सोते थे। नई दिल्ली रेलवे स्टेशन के पास जहाँ वे रहते थे, वहाँ से कुछ दूरी पर प्रसिद्ध लालकिला है।

लालकिले के पीछे हर रविवार को पुराने सामानों का बाजार लगा करता था, जो 'कबाड़ी बाजार' के नाम से मशहूर था। इस बाजार की खासियत यह थी कि यहाँ घर की जरूरतों के पुराने सामान बहुत ही सस्ते दामों पर मिल जाते थे, तब सत्यार्थीजी ज्यादातर सामान, जैसे चारपाई, कुरसी, अँगीठी, दरी और पंखा आदि इसी कबाड़ी बाजार से खरीदते थे। बाद में 'बचपन बचाओ आंदोलन' के ऑफिस के लिए भी फर्नीचर आदि यहीं से लिया गया। लालकिला का यह कबाड़ी बाजार वर्षों पहले बंद हो चुका है, लेकिन उनकी आदत में अभी भी कोई बदलाव नहीं आया है।

चलिए फिर से सोफे की कहानी पर आते हैं। 'नोबेल' पुरस्कार मिलने से कुछ साल पहले एक बार वे किसी काम से दिल्ली की पॉश कॉलोनी साकेत से गुजर रहे थे। एक आलीशान कोठी के बाहर उन्होंने एक पुराना सोफा पड़ा हुआ देखा। कोठी के मालिक के लिए वह पुराना सोफा अब उपयोगी नहीं था, इसलिए उसने इसे घर के बाहर एक किनारे इस उम्मीद में रख दिया था कि कबाड़ीवाला इसे ले जाएगा। सत्यार्थीजी ने गाड़ी रोककर घर की घंटी बजाई और मकान मालिक से वह सोफा कबाड़ के भाव खरीद लिया। उसे उठाकर वे 'मुक्ति आश्रम' ले गए। बाल मजदूरों के

इस पुनर्वास केंद्र में उन्होंने खुद से इसकी मरम्मत और रंगाई–पुताई करके नया जैसा कर दिया। फिर उस 'नए' सोफे को दफ्तर के अपने कमरे में लाकर रख लिया। आज भी यह सोफा उनके कमरे में मौजूद है।

आज भी वे पुरानी चीजों को इकट्ठा करके उन्हें काम में आने लायक बनाते रहते हैं। उनकी सहायिका ने उन्हें अपने लिए एक बेहतरीन आरामदायक कुरसी लेने का सुझाव दिया। उन्होंने सत्यार्थीजी को समझाया कि आपकी कमर में दिक्कत रहती है, इसलिए यह कुरसी ठीक रहेगी। बाल मजदूरों को आजाद कराने के दौरान सत्यार्थीजी पर कई बार हमले हुए हैं। इससे उनके कंधे और कमर में दर्द रहता है, लेकिन कुरसी का दाम सुनकर उन्होंने इसे खरीदने से मना कर दिया। उन्होंने गूगल पर पुराने सामान की एक दुकान खोजी और वहीं से पुरानी कुरसी लाने का सुझाव दिया। आज भी जिस कुरसी पर वे बैठते हैं, वह पुरानी और सेकेंड हैंड है।

पुरानी चीजों के इस्तेमाल को लेकर सत्यार्थीजी के जो विचार हैं, हमें उन्हें अपनाना चाहिए। वे कहते हैं कि हमें लकड़ी आदि के पुराने सामान का तब तक इस्तेमाल करना चाहिए, जब तक कि वह काम लायक हो। ऐसा करने से हम पेड़ों को कटने से बचा सकते हैं। इससे पर्यावरण की रक्षा होती है।

□

14

महँगे ब्रेड के कारण दिन भर भूखे रहे

कैलाश सत्यार्थी ने जब बाल मजदूरी के खिलाफ आंदोलन शुरू किया था, तब कोई बच्चों के अधिकारों की बात नहीं करता था। बच्चों के लिए सुरक्षित दुनिया बनाने के लिए उन्होंने भारत और विदेशों में बहुत सी यात्राएँ निकाली हैं।

ऐसी ही एक यात्रा 1994 की गरमियों में कन्याकुमारी से शुरू होकर दिल्ली में समाप्त हुई थी। 5,000 किलोमीटर की इस यात्रा में करीब 80 भारत यात्री शामिल थे। ये लोग बस में सवार होकर यात्रा कर रहे थे। इस लंबी यात्रा में दिन भर सभाएँ आदि करने के बाद, यात्री रात को किसी धर्मशाला में ठहर जाया करते थे। धर्मशालाएँ हर जगह नहीं मिलती थीं। ऐसे में कई बार सड़क किनारे गद्दे डालकर सोना पड़ता था। बस में दरी और गद्दे रखे होते थे। किसी ढाबे या कैंटीन से खाने-पीने का इंतजाम किया जाता था।

सत्यार्थीजी होटल आदि से परहेज करते हैं। वे किसी मित्र या परिचित के घर में ठहरना बेहतर समझते हैं। वे मानते हैं कि

आंदोलन के दौरान सुख-सुविधाओं पर कम-से-कम खर्च किया जाना चाहिए। वे शुद्ध शाकाहारी हैं, इसलिए यात्रा के दौरान वे दूध-ब्रेड और चना-गुड़ खाकर काम चला लेते थे। एक सुबह जब वे एक दुकान पर ब्रेड का पैकेट खरीदने गए तो पता चला कि वहाँ ब्रेड खत्म हो गई है। आसपास कोई और दुकान नहीं थी। किसी ने बताया कि पास के होटल में ब्रेड मिल जाएगी। वे जब होटल में ब्रेड खरीदने गए तो पता चला कि बाजार में जिस ब्रेड के पैकेट की कीमत करीब 10 रुपए थी, वह वहाँ 16 रुपए में मिल रही थी। उन्होंने होटल से ब्रेड लेने और नाश्ता करने से इनकार कर दिया और अपने सहयोगी से कहा कि कहीं और से वे सस्ते में ब्रेड लेकर नाश्ता कर लेंगे।

यात्रा प्रभारी ने उन्हें समझाया भी कि जिस रास्ते से यात्रा गुजरनी है, वह पिछड़ा हुआ आदिवासी इलाका है। इसलिए शायद खाने-पीने को कुछ न मिल पाए। जहाँ इतना खर्च हो रहा है, वहाँ छह रुपए और सही।

उनका अंदाजा सही निकला। जंगलों से होकर वे गुजरते रहे और शाम तक ब्रेड की क्या, खाने-पीने की एक भी दुकान नहीं मिली। सत्यार्थीजी पूरे दिन भूखे रहे, लेकिन बावजूद इसके उनके चेहरे पर न तो गुस्सा था और न ही होटल में ब्रेड छोड़ देने का कोई पछतावा, बल्कि 16 रुपए बचाने की खुशी में वे मुसकराए जा रहे थे।

आज भी इलाज के लिए डॉक्टर के पास जाना हो, चश्मा

बनवाना हो, कपड़े खरीदना हो या फिर किसी रेस्टोरेंट में खाना खाना हो, सत्यार्थीजी महँगी चीजों से दूर रहते हैं। जो लोग उन्हें ज्यादा नहीं जानते, वे तो उन्हें कंजूस ही समझ लेते हैं।

सत्यार्थीजी अपने संगठन के लोगों को अकसर समझाते रहते हैं कि हमें एक-एक रुपए को सँभालकर खर्च करना चाहिए। हमसे भले ही कोई पूछे न पूछे, लेकिन यह बात हमारे दिमाग में रहनी चाहिए कि जो भी पैसा संगठन के काम के लिए आता है वह बच्चों के लिए है। पानी, बिजली या गाड़ियों में पेट्रोल आदि पर भी कम-से-कम खर्च होना चाहिए।

□

15

अगर साबो मेरी बेटी होती…

यह उन दिनों की बात है, जब कैलाश सत्यार्थी कॉलेज के प्रोफेसर की नौकरी छोड़कर दिल्ली आ चुके थे। दिल्ली में वे 'संघर्ष जारी रहेगा' नाम से एक पत्रिका निकाल रहे थे। इस पत्रिका में बच्चों, दलितों, महिलाओं की समस्याओं के बारे में लिखा जाता था। इस पत्रिका में छपनेवाली खबर का असर होता था। इससे लोगों की बहुत सी समस्याएँ दूर हुई थीं।

सन् 1981 के मार्च के शुरुआती दिनों की बात है। वासल खान नाम का एक आदमी पंजाब के सरहिंद इलाके से सत्यार्थीजी के पास आया। वह किसी ईंट भट्ठे पर बँधुआ मजदूर था। उसे और उसके परिवार को गुलाम बनाकर वहाँ काम कराया जा रहा था। उसकी एक 14 साल की बेटी थी, जिसका नाम साबो था। भट्ठा मालिक वेश्यालय के किसी दलाल से साबो का सौदा कर रहा था। वासल की पत्नी ने यह बात सुन ली।

वह अपनी बेटी को बचाने के लिए बेचैन हो उठा। रात में किसी तरह ईंट ले जानेवाले एक ट्रक में छुपकर वह चंडीगढ़

पहुँच गया और मदद की तलाश में कोर्ट जा पहुँचा। वहाँ उससे एक वकील टकरा गए। संयोग से वे 'संघर्ष जारी रहेगा' पत्रिका के ग्राहक थे। उन्होंने वासल को वह पत्रिका दी और यह सुझाव दिया कि अगर इसमें तुम्हारी बेटी की खबर छप जाए तो सरकार काररवाई करेगी। इससे शायद उसे बचाया जा सके।

इसी आस में चंडीगढ़ से धक्के खाते हुए वह किसी तरह दिल्ली में पत्रिका के ऑफिस पहुँच गया। वासल खान ने कैलाश सत्यार्थी से मिलकर अपनी परेशानी सुनाई और खबर लिखने को कहा। सत्यार्थीजी एक पत्रकार की तरह उसकी कहानी लिखने लगे। अचानक उनके मन में खयाल आया, "अगर साबो मेरी बहन या बेटी होती तो क्या मैं यहाँ बैठकर खबर लिख रहा होता?" उनकी कलम रुक गई और मन बेचैन हो गया। उन्होंने वासल से कहा कि वे खबर नहीं लिखेंगे, बल्कि सरहिंद चलकर उनकी बेटी और गुलाम बनाए गए सारे मजदूरों को बचाएँगे।

सत्यार्थीजी ने अपनी पत्नी सुमेधाजी के गहने गिरवी रखे और अपने कुछ मित्रों के साथ एक ट्रक किराए पर लेकर साबो को छुड़ाने चल दिए, जब वे उस भट्ठे से लोगों को छुड़ाकर वापस लौट रहे थे, तभी भट्ठा मालिक अपने गुंडों और कुछ सिपाहियों के साथ वहाँ पहुँच गया। उन लोगों ने वासल और साबो सहित सभी भट्ठा मजदूरों को ट्रक से उतार दिया। उसके बाद सत्यार्थीजी और उनके साथियों की खूब पिटाई की।

वहाँ से किसी तरह जान बचाकर वे दिल्ली आए। लेकिन

उन्होंने हार नहीं मानी, तब बँधुआ और बाल मजदूरी के खिलाफ कोई कानून नहीं था। उन्होंने वकीलों से राय ली और इन बँधुआ मजदूरों को छुड़ाने के लिए दिल्ली हाई कोर्ट में अर्जी लगाई गई। हाई कोर्ट के आदेश के बाद पुलिस की मदद से साबो सहित 36 लोगों को मुक्त कराया गया। इन 36 लोगों में 14 वयस्क और 22 बच्चे थे। साबो ऐसी पहली बच्ची थी, जिसे आजाद भारत के इतिहास में एक सामाजिक पहल के द्वारा गुलामी से मुक्त कराया गया।

इस तरह साबो की आजादी के साथ ही कैलाश सत्यार्थी का बाल और बँधुआ मजदूरी के खिलाफ अभियान शुरू हो गया। यहीं से 'बचपन बचाओ आंदोलन' की शुरुआत हुई। करीब चालीस साल से वे बच्चों को बाल मजदूरी और गुलामी से मुक्त कराने का काम कर रहे हैं। सत्यार्थीजी के प्रयासों से अब तक सवा लाख से अधिक बच्चे आजाद हुए और उनका जीवन सुधरा है।

साबो की घटना से सत्यार्थीजी के मन में बाल मजदूरी और गुलामी के खिलाफ जो गुस्सा पैदा हुआ, उसने आगे चलकर एक आंदोलन का रूप ले लिया। आज भारत और दुनिया भर में बाल मजदूरी और बच्चों के शोषण के खिलाफ कानून बने हैं, इसमें कैलाश सत्यार्थी का बहुत बड़ा और महत्त्वपूर्ण योगदान है। ऐसे प्रयासों के लिए उन्हें दुनिया के सबसे बड़े पुरस्कार माने जाने वाले नोबेल शांति पुरस्कार से सम्मानित किया गया है।

□

16

कैसे बना बालश्रम के खिलाफ अंतरराष्ट्रीय कानून

1999 तक बच्चों की गुलामी, खतरनाक कामों में बाल मजदूरी, बाल दुर्व्यापार और ऐसे ही कई अन्य प्रकार के शोषण से बच्चों को बचाने के लिए कोई अंतरराष्ट्रीय कानून ही नहीं था। इस बीच कैलाश सत्यार्थी भारत के अलावा कई अन्य देशों में बाल मजदूरी के खिलाफ अपना आंदोलन फैला चुके थे, लेकिन कोई अंतरराष्ट्रीय कानून तो था नहीं, इसलिए बच्चों को छुड़ाने के काम में उन्हें बहुत मुश्किलें आती थीं। इसी बीच सत्यार्थीजी के प्रयासों से 1986 में भारत में बाल मजदूरी को रोकनेवाला कानून बन गया था। इस कानून से बच्चों को लाभ होने लगा था।

इसलिए सत्यार्थीजी चाहते थे कि बाल मजदूरी रोकने के लिए एक अंतरराष्ट्रीय कानून बन जाए, जिससे दुनिया भर के बच्चों को छुड़ाया जा सके। वे इसके लिए पूरा जोर लगा रहे थे, लेकिन ऐसा कानून तो तभी बन सकता था, जब दुनिया भर में लोग सत्यार्थीजी की तरह प्रयास शुरू करें। उन्होंने अलग-अलग देशों के नेताओं

और प्रभावशाली लोगों से मिलना शुरू किया। वे उन्हें ऐसे कानून के लिए अपने-अपने देश में आंदोलन के लिए प्रेरित करने लगे। पर यह सब आसान नहीं था।

सत्यार्थीजी के मन में एक नया विचार आया। वे भारत में बालश्रम विरोधी यात्रा निकाल चुके थे और यात्रा से ही सरकार पर कानून बनाने का दबाव बना था। इसलिए उन्होंने सोचा कि क्यों न जैसी यात्रा भारत में की गई, उसी तरह की एक यात्रा दुनिया भर में की जाए, लेकिन इसके लिए बहुत ज्यादा रुपयों और दूसरी चीजों की जरूरत थी। सत्यार्थीजी के पास रुपए तो थे ही नहीं कि वे इतना बड़ी यात्रा निकाल सकें।

अब धन न होने की वजह से वे बच्चों को गुलामी की जिंदगी बिताने के लिए छोड़ तो नहीं सकते थे। इसलिए उन्होंने दुनिया के अन्य देशों के सामाजिक संगठनों से मदद माँगी, लेकिन कुछ खास फायदा नहीं हुआ। उलटे लोगों ने उनका मजाक उड़ाना शुरू कर दिया, लेकिन सत्यार्थीजी इससे कहाँ घबराने वाले थे।

उन्होंने ठान लिया कि जैसे भी हो, वे बाल मजदूरी के खिलाफ दुनिया भर में यात्रा निकालकर ही रहेंगे। हर उस देश में जाएँगे, जहाँ बाल मजदूरी कराई जाती है। वहाँ की सरकारों से बाल मजदूरी के खिलाफ कानून बनवाने की प्रार्थना करेंगे। सत्यार्थीजी इस तरह अंतरराष्ट्रीय श्रम संगठन (आई.एल.ओ.) पर दबाव बनाकर बाल श्रम के खिलाफ एक कन्वेंशन (संधि-पत्र) पारित कराने के लिए लोगों को तैयार कर रहे थे। 'आई.एल.ओ.' एक अंतरराष्ट्रीय

संगठन है, जो दुनिया भर के मजदूरों की भलाई के लिए काम करता है। उसे दुनिया के देशों को अगर कोई निर्देश देना होता है तो वह इसके लिए कन्वेंशन या संधि-पत्र पारित करता है। आई.एल.ओ. से अगर बाल मजदूरी के खिलाफ कन्वेंशन पारित हो जाता तो उसके सदस्य देशों को उसे मानना होता। सत्यार्थीजी इसी के लिए अपनी पूरी ताकत लगा रहे थे।

आखिरकार 17 जनवरी, 1998 को फिलीपींस की राजधानी मनीला से बाल मजदूरी के खिलाफ एक मजबूत अंतरराष्ट्रीय कानून बनाने की माँग को लेकर यात्रा शुरू हुई। इस यात्रा को नाम दिया गया—'ग्लोबल मार्च अगेंस्ट चाइल्ड लेबर', यानी बाल मजदूरी के खिलाफ विश्व यात्रा। यह एक ऐतिहासिक और अनोखी विश्वयात्रा थी। इससे पहले किसी भी मुद्दे को लेकर इतनी बड़ी जन-जागरूकता यात्रा कभी नहीं हुई थी।

यह यात्रा 103 देशों से गुजरते हुए और 80 हजार किलोमीटर चली। यात्री 6 जून, 1998 को संयुक्त राष्ट्र के मुख्यालय जिनेवा पहुँचे और यह यात्रा पूरी हुई। लगभग पाँच महीने तक दुनिया भर से होकर गुजरी इस यात्रा में करीब डेढ़ करोड़ लोग सड़कों पर पैदल चले और बाल मजदूरी के विरोध में नारे लगाए तथा कानून बनाने की माँग की। इसका असर हुआ कि संयुक्त राष्ट्र संघ और अंतरराष्ट्रीय श्रम संगठन कानून बनाने को राजी हुए।

6 जून, 1998 को जब कैलाश सत्यार्थी के नेतृत्व में यात्रा जिनेवा पहुँची, उस दिन संयुक्त राष्ट्र संघ (यू.एन.ओ.) भवन में

आई.एल.ओ. का अधिवेशन चल रहा था। उसमें 150 देशों के श्रममंत्री, अलग-अलग देशों के बड़े-बड़े अफसर, उद्योगों और मजदूर संगठनों के प्रतिनिधि सहित करीब 2,000 लोग मौजूद थे। यू.एन.ओ. में काम करनेवाले लोगों ने उस दिन जो दृश्य देखा, वैसा उन्होंने पहले कभी नहीं देखा था।

यू.एन.ओ. के मेन गेट पर आई.एल.ओ. के महानिदेशक श्री हेनसन और कुछ बड़े अफसर कुछ लोगों का स्वागत करने के लिए खड़े थे। आई.एल.ओ. का महानिदेशक बहुत बड़ी हस्ती होती है। ऐसा बड़ा आदमी अगर खुद किसी का स्वागत करने आए तो हैरानी की बात तो होगी ही। सत्यार्थीजी के साथ कभी बाल मजदूर रहे साधारण बच्चे, सामाजिक कार्यकर्ता और बच्चों के हक की लड़ाई लड़ने वाले करीब 600 लोग पहुँचे और महानिदेशक महोदय ने फूलमाला से उनका स्वागत किया।

आई.एल.ओ. के इतिहास में ऐसा पहले कभी नहीं हुआ था कि बाल मजदूरी, बाल-वेश्यावृत्ति और ट्रैफिकिंग के शिकार बच्चे उसके मुख्य हॉल में पहुँचे हों। उन सबको देखकर दुनिया भर से आए बड़े-बड़े लोगों ने तालियाँ बजाकर उनका स्वागत किया। कई लोग तो वह दृश्य देखकर रो पड़े थे। सत्यार्थीजी ने वहाँ भाषण दिया। उन्होंने अपने भाषण में बाल मजदूरी के खिलाफ एक अंतरराष्ट्रीय कानून बनाने की माँग की, जिसका सभी लोगों ने ताली बजाकर समर्थन भी किया।

इस यात्रा के करीब एक साल बाद 17 जून, 1999 को

आई.एल.ओ. ने बाल मजदूरी और बाल-दासता के खिलाफ 'कन्वेंशन-182' पारित किया। यह कानून बच्चों को गुलाम बनाए जाने और बँधुआ बाल मजदूरी पर रोक लगाता है। बच्चों की सेना में भर्ती और उनकी अश्लील फिल्में बनाने को अपराध मानता है।

यह पहला अंतरराष्ट्रीय कानून है, जिसे सबकी सहमति से पारित किया गया था और दुनिया के सभी देशों ने इसे लागू कर दिया है। इसके अलावा संयुक्त राष्ट्र संघ ने सत्यार्थीजी की माँग पर 12 जून को 'विश्व बाल मजदूरी विरोधी दिवस' के रूप में मनाने की घोषणा भी की है।

यह कैलाश सत्यार्थी के प्रयासों का नतीजा है कि 1998 में जहाँ दुनिया में करीब 25 करोड़ बाल मजदूर थे, वहीं अगले बीस साल में उनकी संख्या घटकर करीब 15 करोड़ रह गई। दुनिया भर की सरकारों ने अपने-अपने देश में बाल मजदूरी के खिलाफ कड़े कानून भी बनाए हैं। भारत भी उनमें से एक है।

सत्यार्थीजी ने दिखा दिया कि दुनिया को बदला जा सकता है, बस बदलने की भावना और जुनून होना चाहिए। रास्ते में मुश्किलें तो आती हैं, लेकिन जो लोग किसी नेक काम के लिए अपना इरादा पक्का करके आगे बढ़ते रहते हैं, उन्हें एक दिन सफलता जरूर मिलती है।

□

17

बच्चों के शौचालयों की सफाई

दिल्ली में बुराड़ी के पास 'मुक्ति आश्रम' है। यह बँधुआ बाल मजदूरी और गुलामी से मुक्त हुए बच्चों के लिए देश का पहला पुनर्वास केंद्र है। पुनर्वास का अर्थ होता है, किसी को नए और बेहतर तरीके से जिंदगी शुरू करने का मौका देना। कैलाश सत्यार्थी ने सन् 1990 में इस पुनर्वास केंद्र की स्थापना की थी। गुलामी और बँधुआ मजदूरी से मुक्त कराए गए बच्चे डरे-सहमे रहते हैं। उन्हें प्यार और सही रास्ता दिखाने (काउंसलिंग) के साथ-साथ ऐसे माहौल की जरूरत होती है, जहाँ अपनापन हो।

मुक्ति आश्रम में लाए गए बच्चों को शौचालयों के इस्तेमाल की आदत नहीं थी। आदत क्या, इससे पहले उन्होंने कभी इस तरह का शौचालय देखा तक नहीं था। वे तो खुले में, खेत में शौच करते थे। वे शौचालय के कमोड पर बैठकर शौच करने की बजाय फर्श पर शौच कर देते थे। इससे पूरा शौचालय गंदा हो जाता था और चारों तरफ बदबू फैल जाती थी।

यह बात सत्यार्थीजी तक पहुँची। उन्होंने तुरंत अपनी पत्नी

के साथ एक बड़ा निर्णय कर लिया, जिसे सुनकर सभी को बहुत हैरानी हुई। उन्होंने फैसला किया कि बच्चों के शौचालयों की सफाई वे खुद करेंगे। उन्होंने आगे बढ़कर वह काम शुरू कर दिया। सत्यार्थीजी कई महीनों तक बच्चों के शौचालयों की सफाई करते रहे। उन्हें रोज ऐसा करते देखकर बच्चों को बहुत हैरानी हुई। उनके लिए यह एक नया अनुभव था।

बच्चों को लगता था कि जो आदमी (सत्यार्थीजी) उन्हें छुड़ाकर लाया है, वह उन्हें कहीं और बेच देगा या फिर किसी और फैक्टरी में काम कराएगा। भला वे ऐसा सोचते भी क्यों नहीं? उनका पहले का अनुभव भी तो कुछ ऐसा ही था। ट्रैफिकिंग (बच्चों को बहला-फुसलाकर या चुराकर बेचने का काम) के शिकार ज्यादातर बच्चों को मजदूरी कराने के लिए कई बार खरीदा-बेचा गया था।

सत्यार्थीजी शौचालय की सफाई करते और उन बच्चों की तरफ प्यार से देखकर मुसकराते रहते। ऐसा करने से बच्चों के मन पर गहरा असर पड़ा। वे न केवल शौचालय की सफाई करना सीख गए, बल्कि उनके मन का डर भी निकलता गया। मुक्ति आश्रम के स्टाफ और कार्यकर्ताओं पर भी इसका गहरा असर पड़ा। सत्यार्थीजी के इस व्यवहार ने बच्चों का दिल जीत लिया और फिर उनसे दोस्ती हो गई। वे भी यही चाहते थे कि सम्मान, स्नेह, प्यार और दुलार से उनका डर दूर हो जाए।

आश्रम में सभी को श्रमदान करना आवश्यक था। वहाँ पर

सबसे बड़े अधिकारी के जिम्मे सबसे निचले स्तर का काम दिया जाता था। सत्यार्थीजी ने अपने जिम्मे सबसे मुश्किल काम लिया—वह था शौचालय की सफाई, जबकि अन्य स्टाफ के जिम्मे आश्रम के दूसरे काम थे। बच्चों को खेल के मैदान की सफाई के साथ-साथ पौधों की देखभाल का जिम्मा दिया गया।

उनके इस प्रयोग ने आश्रम का माहौल बदल दिया और बच्चों के मन में बड़े-छोटे और ऊँच-नीच का भेदभाव मिट गया। यह मुक्ति आश्रम में बच्चों का पहला बैच था। इसके बाद आनेवाले बच्चों को यही बच्चे प्यार और स्नेह से आश्रम के नियम-कायदे समझाते और रहने-खाने के तौर तरीके सिखाते। यह सिलसिला अभी तक जारी है।

अपनी साफ-सफाई बहुत जरूरी है। इससे हम बीमारियों से मुक्त रहते हैं। हमें दूसरों की मदद माँगने की बजाय अपना काम स्वयं कर लेना चाहिए। कोई काम छोटा या बड़ा नहीं होता। शिकायत करने से अच्छा है कि आप आगे बढ़कर वह काम करें और लोगों को उसका सही तरीका सिखाएँ। इस तरह समस्या दूर हो जाएगी। सत्यार्थीजी ने खेल-खेल में बच्चों को कितनी सुंदर और कितनी महत्त्व की सीख दे दी।

□

18

मजदूरिन की बच्ची और सत्यार्थीजी का दर्द

बँधुआ बाल मजदूरों के पुनर्वास केंद्र 'मुक्ति आश्रम' में मरम्मत का काम चल रहा था। वहाँ पर कुछ राजमिस्त्री व मजदूर काम कर रहे थे। उन्हीं में उर्मिला नाम की एक मजदूरिन भी थी। उर्मिला की एक बच्ची थी, जो लगभग एक साल की रही होगी। दिनभर काम करते वक्त वह अपनी बच्ची को किसी कोने में, जमीन पर एक कपड़ा बिछाकर सुला दिया करती थी।

एक दिन कैलाश सत्यार्थी किसी काम से मुक्ति आश्रम पहुँचे। आश्रम पहुँचते ही वे सबसे पहले बच्चों से मिलते हैं। उनके साथ वक्त गुजारते हैं, फिर कोई दूसरा काम करते हैं। बाल मजदूरी से छुड़ाकर लाए गए बच्चों से मिलने और बतियाने के बाद वे पेड़-पौधों का जायजा लेते हुए उस स्थान पर पहुँच गए, जहाँ मजदूर काम कर रहे थे। तभी उनकी नजर जमीन पर लेटी हुई उस मासूम बच्ची पर पड़ी। उसे जमीन पर पड़ा देख शांत स्वभाववाले सत्यार्थीजी को जोर का गुस्सा आया। उन्होंने आश्रम

में काम करनेवाले सभी लोगों को तुरंत बुलवाया।

पूरी दुनिया में करुणा भरने की बात करनेवाले सत्यार्थीजी ने आश्रम के कर्मचारियों को आदेश दिया कि बच्ची के लिए एक पालना मँगवाया जाए। कर्मचारी पालना खोजने दौड़ पड़े। सत्यार्थीजी तब तक उस बच्ची के पास ही बैठे रहे, जब तक कि उसके लिए एक सुंदर पालना नहीं आ गया। उस पालने में बच्ची को सुलाया गया। यह सब देखकर उस बच्ची की माँ उर्मिला की आँखों से ममता के साथ-साथ कृतज्ञता के आँसू बह निकले। वह कई सालों से मेहनत-मजदूरी कर रही थी, लेकिन आज से पहले कभी उसके साथ इतने सम्मान वाला बरताव नहीं हुआ था। पहली बार उसकी बेटी को जमीन पर पड़ा देखकर कोई इनसान इतना दुखी हो रहा था, जैसे वह उसी की बेटी हो।

कैलाश सत्यार्थी अकसर कहते हैं, अपने बच्चों से तो कोई भी प्यार कर लेता है। दूसरों के बच्चों को भी अपने बच्चों जैसा प्यार करे तो कोई बात है। वे दुनिया भर के बच्चों के लिए चाहे वे गरीब हों या अमीर, छोटे हों या बड़े, बिना किसी भेदभाव के प्यार करते हैं और दूसरों को भी ऐसा ही करने की सीख देते हैं। सारे बच्चों के लिए ऐसे ही प्यार के कारण ही कैलाश सत्यार्थी बच्चों के अधिकारों के लिए लड़नेवाले सबसे बड़े हीरो माने जाते हैं।

□

19

जिन हाथों ने मकान बनाया उन्हीं से कराया घर का उद्घाटन

क्या कभी आपने सुना है कि किसी के गृह-प्रवेश का हवन उन राजमिस्त्रियों, कॉरपेंटरों, पुताई करनेवाले मजदूरों से कराया गया हो, जिन्होंने वह मकान बनाया है? ऐसी कोई घटना याद नहीं आती। कैलाश सत्यार्थीजी ने दिल्ली के नत्थूपुरा-बुराड़ी में अपने लिए एक घर बनवाया था। बहुत साधारण तरीके से उसके गृह-प्रवेश की पूजा होनी थी। उनके परिवार के कुछ दोस्त और सहयोगी गृह-प्रवेश की पूजा पर आए थे। तभी वहाँ कुछ ऐसा हुआ, जिससे लोग हैरान रह गए।

सत्यार्थीजी ने गृह-प्रवेश वाले दिन, घर बनानेवाले सभी मजदूरों को भी बुलाया था। हवन शुरू होने से पहले उन्होंने कहा कि आज के हवन में आहुति तो इन मजदूर भाई-बहनों को भी देनी चाहिए इस घर को तैयार करने में सबसे ज्यादा मेहनत तो इन्हीं लोगों ने की है। मेहनत-मजदूरी के काम को इतना सम्मान देने की सत्यार्थीजी की बात को सुनकर न केवल वे मजदूर, बल्कि

वहाँ मौजूद हर आदमी हैरान था। परिवार ने भी सत्यार्थीजी के इस विचार का समर्थन किया। हवन में उनके रिश्तेदार, दोस्त, कर्मचारी, बेटे-बहू व पोते के साथ वे मजदूर भी आहुतियाँ डाल रहे थे। हवन के बाद सत्यार्थीजी और उनकी पत्नी ने सभी मजदूरों को तिलक लगाकर, नारियल और नए कपड़े देकर मान-सम्मान किया, फिर सबसे पहले उन्हीं मजदूरों को भोजन कराया गया। उसके बाद ही अन्य लोगों ने खाया।

सब एक बराबर हैं। सबका सम्मान करना चाहिए। ऐसी बातें सुनने में तो खूब मिलती हैं, लेकिन असल में ऐसा बहुत कम लोग करते हैं। सत्यार्थीजी ने मजूदरों से हवन कराकर अपने रिश्तेदारों, मित्रों, कर्मचारियों को सीख दी कि सभी को इज्जत देने की केवल बात नहीं करनी चाहिए, बल्कि ऐसा करके दिखाना भी चाहिए। मेहनत-मजदूरी करनेवाला आदमी हो या बड़ा अधिकारी, हमें सबकी इज्जत करनी चाहिए। दुनिया में प्यार बाँटोगे तो बदले में खूब प्यार मिलेगा। इज्जत बाँटोगे तो सत्यार्थीजी की तरह देश-दुनिया में खूब इज्जत भी मिलेगी।

□

20

कबूतरी के अंडे और एयर कंडीशनर

एक बार गरमियों में कैलाश सत्यार्थी बाल आश्रम में ठहरे हुए थे। गरमी का पारा 45 डिग्री सेंटीग्रेड के पार चला गया था। उस भयंकर गरमी में भी सत्यार्थीजी अपने कमरे का एसी नहीं चला रहे थे। ऐसा कई दिनों तक होता रहा। बाल आश्रम के कई लोगों को यह देखकर हैरानी भी हो रही थी। उनके एक सहयोगी ने पूछ ही लिया कि इतनी गरमी में भी बिना एसी चलाए क्यों रह रहे हैं, जबकि बिजली भी है और एसी भी खराब नहीं है ?

सत्यार्थीजी ने मुसकराते हुए कहा कि मेरे कमरे में खिड़की पर जो एयर कंडीशनर (एसी) लगा है, उसे एक बार पीछे से देखकर आओ, तुम्हें उत्तर मिल जाएगा। उस व्यक्ति को लगा कि शायद एसी में कोई खराबी आ गई है। जब वह एसी के पास पहुँचा तो हैरान रह गया। उसे समझ आ गया कि आखिर सत्यार्थीजी ने एसी बंद क्यों रखा है। एसी के बॉक्स पर एक कबूतरी ने घोंसला बनाया था और वह अपने अंडों के ऊपर बैठी थी।

वह व्यक्ति लौटकर आया तो उसे देखकर सत्यार्थीजी फिर

मुसकराने लगे। कबूतरी के लिए वे न सिर्फ भयंकर गरमी सह रहे थे, बल्कि उसके लिए लगातार दाना और पानी भी रखवा रहे थे। कुछ दिन बाद अंडों से बच्चे निकल आए और धीरे-धीरे बड़े होने लगे। जब तक बच्चे उड़ने लायक नहीं हो गए, तब तक उनकी पूरी देखभाल की जाती रही। जिस दिन वे अपनी माँ के साथ उड़ने लगे, वह सत्यार्थीजी सहित सभी आश्रमवासियों के लिए खुशी का दिन था।

सत्यार्थीजी ने अपनी सुविधा की सोचने के बजाय एक बेजुबान पक्षी के बच्चों की जान बचाना जरूरी समझा। इस तरह उन्होंने सीख दी कि करुणा की भावना सिर्फ इनसानों के लिए ही नहीं होनी चाहिए। चाहे मनुष्य हो या कोई जीव-जंतु, हमारे भीतर सबके लिए दया की भावना होनी चाहिए। जो जितना ज्यादा समर्थ है, ताकतवर है, उसे कमजोर के प्रति उतना अधिक दयालु होना चाहिए।

□

21

आम जन का 'नोबेलमैन'

आमतौर पर जिन लोगों को नोबेल पुरस्कार मिलता है, वे लोगों से जल्दी मिलते-जुलते नहीं हैं। उनके आसपास इतना तामझाम बनाकर रखा जाता है कि वे सिर्फ खास मौकों पर या खास-खास लोगों के साथ ही नजर आते हैं। किसी नोबेल पुरस्कार पानेवाले व्यक्ति के साथ आम आदमी के लिए फोटो खिंचा लेना या फिर सेल्फी लेना तो नामुमकिन है, लेकिन कैलाश सत्यार्थी ने पुरस्कार की घोषणा के साथ ही यह कह दिया था कि वे पहले की तरह ही जिएँगे। सबके साथ वैसे ही मिलते-जुलते रहेंगे, जैसा वे अब तक करते आए हैं।

यही कारण है कि घर-ऑफिस, सार्वजनिक स्थानों और देश तथा विदेश के कार्यक्रमों-सभाओं आदि में वे हाथ मिलाने, फोटो या सेल्फी लेने के इच्छुक लोगों को कभी निराश नहीं करते। सत्यार्थीजी ने कई बार कहा है कि 50 साल की उम्र तक उन्होंने किसी नोबेल पुरस्कार विजेता को देखा तक नहीं था, साथ में फोटो खिंचवाने का तो प्रश्न ही कहाँ था!

सन् 2017 में जब सत्यार्थीजी ने बाल यौन शोषण के खिलाफ लोगों को जागरूक करने और कानून बनवाने के लिए पूरे भारत में यात्रा करने का ऐलान किया तो उनके सहयोगी और बाकी सभी लोग हैरान रह गए। यहाँ तक कि उनके वे मित्र भी हैरान रह गए, जिन्हें नोबेल शांति पुरस्कार मिला है, लेकिन उनका दिल तो एक कार्यकर्ता और आंदोलनकारी का ही है। उन्होंने अपने सहयोगियों और बलात्कार तथा यौन-उत्पीड़न के शिकार बच्चों के साथ यात्रा निकाली।

22 राज्यों से होकर गुजरी 12 हजार किलोमीटर लंबी यात्रा का नेतृत्व सत्यार्थीजी ने स्वयं किया। उस यात्रा में अलग-अलग जगहों पर कुल मिलाकर 12 लाख लोग उनके साथ चले थे। मजेदार बात यह है कि 12 नहीं तो कम-से-कम पाँच से सात लाख लोगों ने तो उनके साथ हाथ मिलाया ही होगा या खुद वे आगे बढ़कर आम लोगों से गले मिले होंगे।

63 वर्षीय कैलाश सत्यार्थी ने सुरक्षा, गरमी-सर्दी, बीमारी-थकान, भूख-प्यास और देश के गाँव-देहात के ऊबड़-खाबड़ रास्तों की परवाह किए बिना भारत यात्रा पूरी की। यात्रा में शामिल होनेवाले नेताओं, मुख्यमंत्रियों, जजों, पुलिस अधिकारियों आदि की तो बात छोड़िए, उनके साथ चलनेवाले नौजवान तक थककर बैठ जाते थे, लेकिन वे दिनभर में 10 से 15 सभाओं को संबोधित करते। लोगों से बातचीत करते, उनके सवालों का जवाब देते, पत्रकारों से बातचीत करते और बच्चों के साथ खूब नाचते-गाते,

नारे लगाते हुए चलते थे। इस यात्रा का ही परिणाम था कि देश और राज्यों की सरकारों ने बच्चों के यौन शोषण और बच्चों से बलात्कार के खिलाफ नए और कठोर कानून बनाए या फिर पुराने कानूनों में सुधार किया।

जीवन भर बच्चों के साथ काम करते रहने से सत्यार्थीजी में किसी के साथ घुल-मिल जाने का अद्‌भुत गुण देखा जाता है। उनका यह स्वभाव उन्हें आम लोगों के साथ जितनी सरलता और सहजता से जोड़ता है, वैसा बहुत कम ही लोगों में पाया जाता है। सफलता की बड़ी से बड़ी ऊँचाई छूने के बाद भी इनसान के व्यवहार में घमंड नहीं आना महान् लोगों का गुण है, जिसे सीखना चाहिए।

□

22

हजारों की भीड़ के बीच गुरु के कदमों में

कोई व्यक्ति जब बहुत प्रसिद्ध हो जाता है तो उसके प्रशंसकों की संख्या भी बढ़ जाती है। अकसर देखा जाता है कि नए-नए प्रशंसकों के मिलने से वह व्यक्ति अपने पुराने दोस्तों, नाते-रिश्तेदारों या ऐसे लोगों से मिलना ही नहीं चाहता, जिन्होंने उसकी मदद की होती है, लेकिन कैलाश सत्यार्थी का स्वभाव इससे एकदम उलट है।

नोबेल शांति पुरस्कार मिलने के बाद सत्यार्थीजी पहली बार विदिशा जा रहे थे। विदिशा में ही उनका जन्म हुआ और वहीं से उन्होंने पढ़ाई-लिखाई की है। वे जिस ट्रेन में यात्रा कर रहे थे, वह सुबह के 10 बजे विदिशा रेलवे स्टेशन पहुँची। स्टेशन के चारों प्लेटफॉर्म लोगों से खचाखच भरे थे। जैसे ही सत्यार्थीजी प्लेटफॉर्म पर उतरे, सुरक्षा में तैनात मध्य प्रदेश पुलिस के जवानों ने उनके चारों तरफ घेरा बना लिया। उनका स्वागत करने को मध्य प्रदेश सरकार के कैबिनेट मंत्री, जिला कलेक्टर, एस.पी. और जिले के

सभी बड़े अधिकारी वहाँ मौजूद थे। सत्यार्थीजी और उनकी पत्नी श्रीमती सुमेधा कैलाश ने पहले नोबेल मेडल को विदिशा की मिट्टी पर रखकर अपनी जन्मभूमि को प्रणाम किया।

उस समय तक भीड़ बेकाबू होने लगी थी। हर कोई उनके करीब आना चाहता था। उन्हें छूने, हाथ मिलाने या उनके साथ फोटो खिंचवाने के लिए भीड़ में धक्का-मुक्की हो रही थी। भीड़ का धक्का लगने से सत्यार्थीजी की सुरक्षा में तैनात पुलिस के जवान भी इधर-उधर हो गए। स्वागत के लिए आए मध्य प्रदेश सरकार के मंत्री भी भीड़ के धक्के से छिटककर दूर जा पड़े। स्थिति ऐसी हो गई कि तब न तो कलेक्टर साहब उस भीड़ में दिखाई दे रहे थे और न ही एस.पी. साहब।

सत्यार्थीजी को उनके सहयोगी और कुछ पुलिसवाले जैसे-तैसे स्टेशन से बाहर लेकर आए। उन्हें खुली जीप पर सवार होकर पूरे शहर से गुजरते हुए अपने घर पहुँचना था। विदिशा की महिलाएँ, बच्चे और बूढ़े अपनी छतों, दरवाजों और सड़कों पर सत्यार्थीजी के स्वागत में हाथों में फूल लिये खड़े थे।

स्टेशन से शुरू होकर जुलूस शहर के भीड़-भाड़वाले रास्ते से गुजर रहा था। पूरा शहर उस जुलूस में उमड़ पड़ा था। ज्यादातर लोग उनकी जीप के पीछे-पीछे पैदल चल रहे थे। जीप की चाल बहुत धीमी थी, क्योंकि हर कोई उनको रोककर फूलमाला, नारियल और अंगवस्त्र देकर स्वागत कर रहा था। एक और अनोखी बात हुई। उस दिन पूरे शहर की दुकानें खुली हुई थीं, लेकिन दुकानदार

सामान बेच नहीं रहे थे। वे सत्यार्थीजी के वजन के बराबर का सामान तराजू में तौलकर गरीबों में बाँट रहे थे।

जुलूस जैसे ही शहर के झूलन पीर नाम की जगह पर पहुँचा, सत्यार्थीजी ने जीप रुकवा दी। वे जीप से नीचे उतर गए। हर कोई यह जानने को उत्सुक था कि आखिरकार जुलूस क्यों रुक गया? लोगों ने देखा कि सत्यार्थीजी भीड़ को चीरते हुए एक दाढ़ीवाले कमजोर से दिखते व्यक्ति के पास पहुँचे और उनके पैर छूकर वहीं कदमों में बैठ गए। वे बुजुर्ग उनको अपने सीने से चिपकाकर आशीर्वाद दे रहे थे। दोनों बहुत भावुक हो गए और फफक-फफककर रोने लगे।

बाद में पता चला कि वे सत्यार्थीजी के बचपन के शिक्षक मोहम्मद गोरी थे। वे उन्हें छठी-सातवीं कक्षा में गणित पढ़ाते थे। गणित के साथ ही वे पीटी व स्काउट के भी शिक्षक थे। उस दिन गुरुजी अपनी भावनाओं और खुशियों के आँसू रोक नहीं पा रहे थे। वे यह सोचकर खुश हो रहे थे कि उनका पढ़ाया विद्यार्थी आज इतना बड़ा आदमी बन गया है, लेकिन उसमें गुरुओं के लिए इज्जत पहले से भी ज्यादा बढ़ गई है।

कबीरदासजी ने गुरु की महिमा बताते हुए लिखा है—

गुरु गोविंद दोऊ खड़े, काके लागूँ पाय।
बलिहारी गुरु आपकी गोविंद दियो बताय॥

गुरु और भगवान् दोनों सामने आ खड़े हों तो किसको प्रणाम करूँ? भगवान् कहते हैं कि पहले गुरु को प्रणाम करो। सत्यार्थीजी

ने अपने पिताजी से बचपन में यह दोहा सुना था और तबसे वे गुरुओं की बड़ी इज्जत करते रहे हैं। इतने सालों के बाद उन्होंने भीड़ में खड़े अपने गुरु मोहम्मद गोरी को देखा तो दौड़कर उनके पास गए और पाँव छुए। बचपन की सीखी अच्छी बातें जीवन भर काम आती हैं। उन्हें कभी नहीं भूलना चाहिए।

□

23

परंपरा तोड़कर क्रांतिकारियों को नमन करने पहुँच गए शांतिदूत

इलाहाबाद विश्वविद्यालय के दीक्षांत समारोह में कैलाश सत्यार्थी मुख्य अतिथि थे। विश्वविद्यालय की परीक्षा पास करने के बाद छात्रों को उनकी डिग्री देने के लिए होनेवाले कार्यक्रम को दीक्षांत समारोह कहा जाता है। विश्वविद्यालय के सीनेट हॉल में यह समारोह हो रहा था।

हॉल के मेन गेट पर कुलपति समेत कई शिक्षक सत्यार्थीजी के स्वागत के लिए मौजूद थे। स्वागत के बाद कुलपति महोदय सत्यार्थीजी को लेकर जब अंदर जाने लगे, तभी उन्होंने एक ऐसी इच्छा जता दी, जिसकी किसी को उम्मीद न थी। आमतौर पर विश्वविद्यालय में आनेवाला कोई अतिथि ऐसी माँग नहीं करता। उन्होंने कुलपति से कहा कि वे दीक्षांत समारोह में जाने से पहले शहीद लाल पद्मधर की प्रतिमा पर फूल–माला चढ़ाकर उन्हें नमन करना चाहते हैं।

वे सीनेट हॉल से विश्वविद्यालय परिसर में बने छात्रसंघ भवन

तक पैदल पहुँचे और वहाँ लगी शहीद लाल पद्मधर की मूर्ति पर फूलमाला चढ़ाई। अंग्रेजों की गोलियों से शहीद हुए लाल पद्मधर 1942 में असहयोग आंदोलन के दौरान इलाहाबाद विश्वविद्यालय में स्नातक के छात्र थे। 11 अगस्त, 1942 को लाल पद्मधर के साथ करीब तीन दर्जन क्रांतिकारी छात्रों ने कलेक्टर के दफ्तर पर कब्जा कर लिया और इलाहाबाद को अंग्रेजों से आजाद कराने की शपथ ली थी। इसी कोशिश में वे अंग्रेजों की गोलियों से शहीद हो गए थे।

लाल पद्मधर की प्रतिमा पर फूल चढ़ाने से पहले सत्यार्थीजी इलाहाबाद के अल्फ्रेड पार्क भी जा चुके थे। उन्होंने पार्क में लगी शहीद चंद्रशेखर आजाद की प्रतिमा पर भी फूल-माला चढ़ाई थी। चंद्रशेखर आजाद अंग्रेजों से लड़ते हुए उसी पार्क में शहीद हुए थे और अब उस पार्क को आजाद पार्क के नाम से जाना जाता है। सत्यार्थीजी जब भी मध्य प्रदेश के ओरछा जाते हैं, वहाँ मौजूद चंद्रशेखर आजाद के स्मारक पर नमन करने जरूर जाते हैं।

शहीदों का सम्मान करने के बाद इलाहाबाद विश्वविद्यालय के छात्रों में दीक्षांत समारोह से ज्यादा चर्चा इस बात की रही कि 'नोबेल शांति पुरस्कार' विजेता कैलाश सत्यार्थी चंद्रशेखर आजाद की प्रतिमा पर पुष्पांजलि अर्पित करने कैसे चले गए? दुनिया भर में ऐसा देखा गया है कि 'नोबेल शांति पुरस्कार' प्राप्त करनेवाले लोग न तो क्रांतिकारियों की समाधि या स्मारक पर जाते हैं और न ही उनके नाम पर होनेवाले किसी कार्यक्रम में शामिल होते हैं।

क्रांतिकारी अपनी माँग के लिए हिंसा का सहारा लेते हैं, इसलिए शांति पुरस्कार पानेवाले लोग उनसे दूरी बनाए रखते हैं, लेकिन इलाहाबाद में सत्यार्थीजी ने दो-दो क्रांतिकारियों को नमन किया, उसकी उम्मीद किसी को नहीं थी।

हालाँकि लोग इस बात से उत्साहित भी थे कि सत्यार्थीजी ने उन वीरों का सम्मान किया, जिन्होंने देश को आजाद कराने के लिए अपनी जान दे दी। ऐसी ही एक और घटना है। नोबेल पुरस्कार मिलने के बाद सत्यार्थीजी किसी कार्यक्रम के सिलसिले में कोलकाता गए थे। वे समय निकालकर नेताजी सुभाष चंद्र बोस के घर भी पहुँच गए। इससे खुद नेताजी के परिवार के लोग भी अचंभित थे।

सत्यार्थीजी देश-दुनिया में क्रांतिकारियों के प्रति अपना सम्मान प्रकट करने में जरा भी नहीं शरमाते। इसके लिए उन्होंने कई बार आलोचनाएँ भी झेली हैं। सत्यार्थीजी का मानना है कि अपनी मातृभूमि के लिए जान की बाजी लगा देनेवाले महान् लोग समाज के लिए प्रेरणास्रोत हैं। दुनिया का कोई भी सम्मान ऐसे महान् लोगों के प्रति कृतज्ञता प्रकट करने में बाधक नहीं बन सकता।

□

24

काँपता प्रदीप और सत्यार्थीजी की जर्सी

दूसरे के दुख में दुखी होकर उसे दूर करने की कोशिश किसी भी भले इनसान का एक बहुत बड़ा गुण है। इसी को करुणा कहते हैं। करुणा मनुष्य का गहना है। कैलाश सत्यार्थी न केवल लोगों के दिलों में करुणा पैदा करने की बात करते हैं, बल्कि खुद भी उसे जीते हैं।

बात एक सर्दियों की है। सत्यार्थीजी अपने दफ्तर पहुँचे। सहयोगियों से मिलकर उनके हालचाल पूछने लगे, तभी उनकी नजर एक किशोर पर पड़ी, जिसने अपना नाम प्रदीप कुमार बताया। प्रदीप ने कड़ाके की सर्दी में भी हलके कपड़े पहन रखे थे। ऐसी सर्दियों के लिए वे कपड़े पूरे न थे, इसलिए प्रदीप काँप रहा था। सत्यार्थीजी ने तुरंत अपना मफलर व जैकेट उतारकर उसे पहना दिया। उनके दफ्तर के सहयोगियों ने उन्हें ऐसा करते देखा तो उन्हें कोई हैरानी नहीं हुई, क्योंकि उन्हें तो इस तरह की घटनाओं को देखने की आदत पड़ चुकी थी। अकसर सत्यार्थीजी अपना कोई

कपड़ा या कोई दूसरी चीज किसी जरूरतमंद को दे दिया करते हैं, भले ही वह चीज उनके लिए बड़े काम की हो और उनके पास बस एक ही हो।

हाड़ कँपानेवाली उस सर्दी में खुद सत्यार्थीजी बिना जर्सी के थे। यह देखकर उनके सहयोगी बाजार को दौड़े और प्रदीप के लिए तुरंत नई गरम जर्सी लाकर पहनाई। इस काम में कुछ घंटे लग गए थे, लेकिन सहयोगियों के बार-बार आग्रह के बावजूद सत्यार्थीजी ने किसी से उसका जैकेट या कोई ऊनी कपड़ा नहीं लिया। वे ठंड में ठिठुरते हुए ही काम करते रहे।

65 साल के सत्यार्थीजी कई घंटे तक बिना गरम कपड़ों के ही रहे। इससे उन्हें जुकाम हो गया और उनके परिवार को इस घटना की जानकारी हुई। उन्होंने पूछा कि आखिर उन्होंने किसी और की जर्सी या शॉल क्यों नहीं ली तो सत्यार्थीजी का उत्तर था—"मेरे दफ्तर पहुँचने से पहले ही प्रदीप दफ्तर में आया था। उसने गरम कपड़े नहीं पहने थे, लेकिन हमारे किसी साथी ने उसकी फिक्र क्यों नहीं की, इससे मैं दुखी था। आज मैंने ठंड झेल ली, लेकिन इससे मेरे सभी साथियों को एक सबक मिल गया कि उन्हें खुद से पहले दूसरे इनसान की चिंता करनी चाहिए। उसका दुख-दर्द बाँटना चाहिए।"

□

25

नाई से निभाया बहनोई का नाता

बचपन में बाल काटनेवाले नाई और इसी तरह के अन्य लोगों के प्रति सत्यार्थीजी के आत्मीय लगाव की कई कहानियाँ हैं। 2015 की बात है। नोबेल प्राप्त करने के बाद वे अपने घर विदिशा गए थे। वहाँ उन्हें मिश्रीलाल की याद आई। मिश्रीलाल बचपन में उनके बाल काटा करते थे।

मिश्रीलाल को ढूँढ़कर बुलवाया गया। चूँकि सत्यार्थीजी 1980 में दिल्ली आकर बस गए थे, इसलिए तीस साल के बाद यह पहला मौका था, जब वे उनसे आकर मिले। किसी ने मिश्रीलाल को बताया कि सत्यार्थीजी ने उन्हें याद किया है। यह सुनकर वे भावुक हो उठे। उन्हें भरोसा नहीं हो रहा था कि इतना सम्मान प्राप्त करने के बाद भी सत्यार्थीजी ने उसी अपनेपन के साथ उन्हें याद किया। वे सत्यार्थीजी के घर आए और बहुत प्रेम से उनके बाल काटे।

कटिंग करने के बाद भाव-विभोर मिश्रीलाल उनके पैर छूने के लिए झुके, परँतु वहाँ मौजूद सभी लोग यह देखकर हैरान रह गए कि सत्यार्थीजी ने कुरसी से उतरकर खुद आगे बढ़कर उनके

पैर छू लिये, फिर अपनी भतीजी से एक थाली में रोली-चावल मँगवाया। बहनोई की तरह उन्हें तिलक लगाकर आरती उतारी और अपनी शॉल ओढ़ा दी। इसके बाद बड़े आदरपूर्वक उनके पैर छूकर दक्षिणा दी। उन्होंने मिश्रीलाल से कहा कि मैं बचपन में गीताबाई (मिश्रीलाल की पत्नी) को बहन कहता था। इस नाते तो आप मेरे आदरणीय बहनोई हैं।

दरअसल सत्यार्थीजी को किसी ने सूचना दी थी कि मिश्रीलाल के पास अब कम ही लोग हजामत बनवाते हैं, क्योंकि वे बूढ़े हो चुके हैं। लोगों को फैशनेबल तरीके से कटिंग में दिलचस्पी है। इसलिए उन्होंने मिश्रीलाल से अपने बाल कटवाकर उनका कद बढ़ा दिया। लोगों तक संदेश गया कि दिल्ली में रहनेवाले और देश-दुनिया घूमनेवाले सत्यार्थीजी को भी मिश्रीलाल के हुनर पर कोई संदेह नहीं है।

दूसरों के प्रति प्रेम और आदर एक उच्च मानवीय गुण है, परंतु एक हजामत बनानेवाले व्यक्ति का इस तरह सम्मान करते कभी किसी ने नहीं देखा था। विदिशा में अभी तक लोग इस घटना की चर्चा करते हैं। सत्यार्थीजी ने न सिर्फ मिश्रीलाल को इज्जत दिलाई, बल्कि उनकी आमदनी बढ़ गई, जिससे उनके घर की हालत भी सुधर गई। एक पंथ दो काज।

□

26

क्षमादान का सुख

यह 1986 के आसपास की बात है। एक नवयुवक सत्यार्थीजी के संपर्क में आया। गरीब आदमी था और कोई काम-धंधा भी उसके पास नहीं था। सत्यार्थीजी ने उसे 'बचपन बचाओ आंदोलन' में एक कार्यकर्ता बना लिया। दिल्ली जैसे बड़े शहर में उसके पास रहने के लिए कोई जगह नहीं थी। अपनी आदत के अनुसार सत्यार्थीजी ने उसे अपने घर में ही रहने की जगह दे दी, हालाँकि उनका अपना घर भी बहुत छोटा था। तब सत्यार्थीजी झुग्गी-झोंपड़ी स्कीम के तहत बने डेढ़ कमरे के एक छोटे से फ्लैट में रहते थे। उसी में सत्यार्थीजी अपनी पत्नी और दो बच्चों भुवन और अस्मिता के साथ रहते थे, अब यह युवक भी उसी घर में रहने लगा।

वह बहुत ज्यादा महत्त्वाकांक्षी था। वह बिना मेहनत के और जल्द-से-जल्द बहुत पैसे कमाने की इच्छा रखता था। इसलिए उसने गलत तरीके से पैसे कमाने के रास्ते तलाशने शुरू कर दिए। इसके लिए उसने एक बेहतरीन तरीका खोज निकाला।

उस समय सत्यार्थीजी फरीदाबाद की पत्थर खदानों में बँधुआ

मजदूरों को गुलामी से छुड़ाने का काम करते थे। वह युवक संगठन में काम करता ही था, इसलिए उसे संगठन की रणनीतियों की सारी जानकारी रहती थी, जैसे कब बँधुआ और बाल मजदूरों को छुड़ाने के लिए छापेमारी या रेड होनी है? कब खदान माफियाओं के खिलाफ धरना-प्रदर्शन होना है या उनके खिलाफ क्या कानूनी कारवाई होनेवाली है? ये सारी जानकारियाँ वह खदान माफियाओं को दे देता और बदले में उनसे मोटी रकम वसूलता। उसके इन कारनामों की खबर किसी को कानोकान नहीं हुई। संगठन के पदाधिकारी हैरान थे कि उनकी सारी बातें माफियाओं तक कैसे पहुँच रही हैं?

कुछ साल बाद तो उस आदमी ने बड़ा ही घिनौना काम किया। उसके पास सत्यार्थीजी के दिनभर के पूरे रूटीन की जानकारी रहती थी। उसने वह जानकारी एक बड़ी एक्सपोर्ट कंपनी को दे दी, जो सत्यार्थीजी से दुश्मनी पाले बैठी थी और सबक सिखाने के मौके तलाश रही थी। उस कंपनी की सत्यार्थीजी से दुश्मनी इसलिए थी, क्योंकि वह बाल मजदूरी कराती थी, जिसका उन्होंने विरोध किया था। उस व्यक्ति ने कंपनी के लिए जासूसी करनी शुरू कर दी। उसने जो सूचनाएँ दीं, उससे सत्यार्थीजी के ऊपर एक जानलेवा हमला हुआ।

संयोग से एक बार बचपन बचाओ आंदोलन के निदेशक ने उस युवक को दस्तावेजों की चोरी करते रंगे हाथों पकड़ लिया और उसे नौकरी से निकाल दिया। कुछ महीनों बाद उसने उसी एक्सपोर्ट

कंपनी और सत्यार्थीजी से जलनेवाले कुछ नेताओं की मदद से उनके विरुद्ध एक झूठा मुकदमा दर्ज करवा दिया। उसने सत्यार्थीजी पर आरोप लगाए कि उसकी गंभीर रूप से पिटाई की गई और जान लेने की कोशिश की गई। पुलिस ने जाँच की तो उसके आरोपों में कोई सच्चाई नहीं नजर आई, फिर भी कई वर्षों तक वह मुकदमा चलता रहा।

मुकदमे की पैरवी के दौरान सत्यार्थीजी को कोर्ट में हाजिर होने के लिए अपना काम छोड़कर जाना पड़ता था। इस चक्कर में एक बार वे अपनी बीमार माँ को देखने अपने घर विदिशा भी नहीं जा पाए। चूँकि कोर्ट में उनपर आपराधिक मुकदमा चल रहा था, इसलिए कई बार उन्हें विदेश यात्रा तक रद्द करनी पड़ी और हवाई अड्डे से वापस लौटना पड़ा था।

अंत में सच्चाई की जीत हुई। अदालत ने सत्यार्थीजी को बेकसूर बताया और झूठा मुकदमा लिखानेवाले पर कड़ी टिप्पणी की। सत्यार्थीजी के वकील उस आदमी के खिलाफ मानहानि का मुकदमा करने को कह रहे थे। वे इसके लिए कागज तैयार करके लाए थे। सत्यार्थीजी को बस उस पर दस्तखत करना था, लेकिन एक झूठे मुकदमे के कारण कई वर्षों तक परेशान रहने, पैसे-रुपए का नुकसान और कई दूसरी परेशानियाँ झेलने के बावजूद, उन्होंने उन कागजों पर दस्तखत करके मुकदमा दायर करने से मना कर दिया।

उन्होंने अपने वकीलों का धन्यवाद देते हुए यह कहकर विदा

किया कि कोर्ट–कचहरी के चक्कर में पहले ही बहुत नुकसान हो चुका है। भले ही हम मानहानि का मुकदमा जीतने की स्थिति में हैं, लेकिन किसी की गलती माफ कर देने में जो संतोष है, वह सजा दिलाने में नहीं।

हमारे जीवन में विश्वास का बहुत महत्त्व है। कुछ लोग ऐसे भी होते हैं, जो किसी का भरोसा तोड़ने में जरा भी नहीं हिचकते। जिसमें भरोसा तोड़ने और धोखेबाजी का ऐब आ जाए, वह जीवन भर दुखी रहता है। सामान्य लोग दगाबाजों से बहुत नफरत करते हैं। साथ–साथ उनसे बदला लेने, उन्हें सबक सिखाने के भी मौके खोजते रहते हैं। दूसरी तरफ ऐसे महान् लोग भी इस धरती पर हैं, जो भरोसा तोड़नेवालों के अपराधों को भी माफ कर देते हैं, भले ही उसने कितना भी नुकसान पहुँचाया हो।

□

27

आखिर ईद पर घर पहुँच ही गया मोहम्मद नूर

कैलाश सत्यार्थी द्वारा शुरू किया गया 'बचपन बचाओ आंदोलन' (बी.बी.ए.) छापे मारकर ऐसे बच्चों को छुड़ाता था, जिनसे बाल मजदूरी कराई जाती थी या जिन्हें मालिकों ने गुलाम बना रखा था। इन बच्चों को छुड़ाकर उन्हें नया जीवन दिया जाता है। ऐसी ही एक छापेमारी में पुरानी दिल्ली रेलवे स्टेशन के पास से 24 बच्चों को छुड़ाया गया था। उन्हीं में से एक नूर मोहम्मद नाम का 12-13 साल का बच्चा भी था। कानूनी काररवाई पूरी करने के बाद सभी बच्चों को 'मुक्ति आश्रम' लाया गया। आश्रम में कार्यकर्ता उससे बातचीत करके उसके बारे में जानकारी लेने की कोशिश करते रहे, लेकिन नूर चुपचाप ही रहता।

नूर जब पाँच-छह साल का था, तभी एक दलाल उसके माँ-बाप को बहला-फुसलाकर और कुछ पैसे देकर धोखे से उसे ले गया। इसके बाद वह न तो फिर कभी अपने माँ-बाप से मिला और न ही कोई बातचीत हुई। उसकी खिचड़ी भाषा कोई समझ नहीं पा

रहा था। इसकी वजह थी कि दलालों ने सात वर्षों में नूर को आठ बार बेचा-खरीदा था। वह पंजाब, उत्तराखंड सहित कई राज्यों में रहा था। इसलिए उसकी भाषा में पंजाबी-पहाड़ी और दूसरी भाषाएँ मिल गईं और एक नई अनजान सी खिचड़ी भाषा बन गई थी, लेकिन उसके बोलने के ढंग से ऐसा लगता था कि उसकी अपनी भाषा बांग्ला ही रही होगी।

सभी को यह लग रहा था कि नूर ने इतने दिनों तक जो कुछ झेला है, उससे वह सबकुछ भूल गया है। वे इस बात से दुखी थे कि नूर अब कभी अपने माता-पिता से नहीं मिल पाएगा। यह बात कैलाश सत्यार्थीजी तक पहुँची। वे मुक्ति आश्रम पहुँचे और मोहम्मद नूर से बातचीत शुरू की। उसे खूब प्यार किया। घंटों तक पास बैठकर बातें करते रहे और हँसाने-रिझाने की कोशिशें कीं।

यह एक विचित्र दृश्य था। दो लोग बातें कर रहे थे और दोनों एक-दूसरे की भाषा नहीं समझ पा रहे थे। धीरे-धीरे वे एक-दूसरे के मन की बात समझने लगे और उनके बीच एक आपसी रिश्ता सा बन गया। नूर बीच-बीच में उनकी बातें सुनकर मुसकरा देता था।

थोड़े दिन बाद ही ईद थी। सत्यार्थीजी की इच्छा थी कि नूर ईद अपने माता-पिता के साथ मनाए, लेकिन इसके लिए जरूरी था कि वह अपने माँ-बाप का पता बता पाए। वे इसके लिए ही प्रयास कर रहे थे। सत्यार्थीजी की एक खासियत है कि वे खुद को बच्चों से तुरंत कनेक्ट कर लेते हैं। ऐसा इसलिए कर पाते हैं, क्योंकि वे बच्चों के संग बच्चे बन जाते हैं। कोई उन्हें बच्चों के साथ खेलता देख ले

तो, उसके लिए यह अंतर करना मुश्किल हो जाएगा कि इसमें बच्चा कौन है और बड़ा कौन?

वे नूर की भाषा तो पूरी नहीं समझ सके, लेकिन जितना समझ सके, उसी से वह अपने माता-पिता से मिल पाया। सत्यार्थीजी ने अपने साथियों को बुलाया और कहा कि नूर का घर बांग्लादेश के खरगाचूरी जिले में कहीं है। एक आस जगी। बच्चे के बांग्लादेशी होने की जानकारी ने सबको बहुत परेशान कर दिया। फिर भी नूर को उसके घर पहुँचाने के लिए 'ऑपरेशन मोहम्मद नूर' शुरू किया गया। फोन नंबर ढूँढ़कर खरगाचूरी के पुलिस सुपरिंटेंडेंट (एस. पी.) से बातचीत शुरू हुई। एस.पी. ने बताया कि एक परिवार अपने बच्चे को खोजने की गुहार लेकर उनके पास कई बार आ चुका है।

जब एस.पी. को नूर के बारे में पता चला तो उन्होंने भी उस परिवार की खोज शुरू की, जो अपने बच्चे के लिए कई बार आया था। एस.पी. की मेहनत रंग लाई और उन्हें खोज निकाला गया। उन्होंने मोहम्मद नूर की फोटो देखकर उसे पहचान लिया कि यह उन्हीं का खोया हुआ बेटा है।

यह जानकारी मिलते ही सत्यार्थीजी का चेहरा चमक गया। मुक्ति आश्रम में तो सब खुशी के मारे उछल पड़े, लेकिन नूर को यह सब पता न था। इसलिए वह आश्रम के एक कोने में बैठा हुआ था। सत्यार्थीजी जल्दी-से-जल्दी नूर की बात उसकी माँ से कराना चाहते थे।

एस.पी. की मदद से नूर की उसकी माँ से फोन पर बात हो गई। सत्यार्थीजी मोबाइल फोन का स्पीकर ऑन करके नूर के पास पहुँचे। वह फिर उनकी भाषा नहीं समझ पा रहा था। उन्होंने बस इतना कहा, "नूर! तुम्हारी अम्मी।" मोहम्मद नूर ने तपाक् से फोन लपक लिया। अम्मी की आवाज पहचानते ही वह चिल्ला-चिल्लाकर रोने लगा, फिर बातचीत के थोड़ी देर बाद ही उसका चेहरा खुशी से दमक उठा।

अब असली चुनौती उसे ईद तक बांग्लादेश पहुँचाने की थी। ईद चार दिन बाद ही थी। इस बीच एक देश से दूसरे देश में किसी बच्चे को पहुँचाने के लिए बहुत सा कानूनी औपचारिकताएँ पूरी करनी थी। यह घटना सितंबर 2016 की है। सत्यार्थीजी को नोबेल शांति पुरस्कार से सम्मानित किया जा चुका था। बांग्लादेश में भी कई बड़े अफसर और नेताओं के साथ उनकी दोस्ती है और वे लोग इन्हें बड़ा सम्मान देते हैं।

उन्होंने बांग्लादेश के अपने साथियों को इस काम में लगाया और कहा कि किसी भी हालत में ईद से पहले मोहम्मद नूर को उसके घर पहुँचाना है। उन्होंने दिल्ली में अपने साथियों को कहा कि अगर बांग्लादेश सरकार का दफ्तर (हाई कमीशन) मदद न करे तो उनकी बात बांग्लादेश के प्रधानमंत्री या फिर उस विभाग के मंत्री से कराई जाए, जहाँ काम अटक रहा हो।

चूँकि सत्यार्थीजी मोहम्मद नूर को ईद से पहले उसके घर भेजने के लिए इतना जोर लगा रहे थे तो दिल्ली पुलिस भी सक्रिय

हो गई। उसने कोर्ट की कारवाई को जल्द से जल्द पूरा करा दिया। बांग्लादेश हाई कमीशन ने भी नूर को अपने देश जाने की इजाजत दे दी, लेकिन ईद में वक्त बहुत कम बचा था।

सत्यार्थीजी ने उससे वादा कर दिया था और वे किसी से अगर कोई वादा कर देते हैं तो जब तक उसे पूरा न करें, चैन से नहीं बैठते। खरगाचूरी के एस.पी. से फिर बात की गई। योजना बनी कि इधर से मोहम्मद और उधर से उसके माता-पिता पश्चिम बंगाल की सीमा पर पहुँचें और वहीं पर कानूनी प्रकिया पूरी कर उसको माँ-बाप के हवाले कर दिया जाएगा।

सत्यार्थीजी के प्रयास से मोहम्मद नूर 72 घंटे के भीतर अपने माता-पिता के पास था। बेटे का सात साल बाद माँ-बाप से मिलन का वह दृश्य बहुत ही भावुक था। सीमा पर तैनात दोनों देशों के जवानों तक की आँखें भर आई थीं। आखिरकार मोहम्मद नूर ने ईद अपने परिवार, रिश्तेदारों और गाँववालों के साथ मना ही ली।

□

28

ऐसे निकाला सहयोगी के मन का डर

दिसंबर 2018 की बात है। कैलाश सत्यार्थी अपने कुछ सहयोगियों को राजस्थान में पुष्कर घुमाने लेकर गए थे। उन सहयोगियों ने दो सप्ताह तक रात-दिन जुटकर एक अभियान के लिए कड़ी मेहनत की थी। पुष्कर का यह कार्यक्रम उनका हौसला बढ़ाने के लिए और एक तरह से उनके काम का पुरस्कार था।

अरावली की पहाड़ियों के बीच बसा पुष्कर एक सुंदर दर्शनीय स्थान होने के साथ ही साथ एक प्रसिद्ध तीर्थ भी है। एक शाम सत्यार्थीजी कुछ सहयोगियों के साथ पुष्कर की उस जगह को देखने गए, जहाँ से सूर्यास्त का दृश्य बहुत सुंदर दिखता है।

उस ट्रिप में तीन कारें थीं। घूमने-फिरने के बाद जब सभी लोग अपनी-अपनी कारों से होटल लौटने को तैयार हुए तो उनकी एक सहयोगी ने ड्राइवर से कहा कि वे गाड़ी चलाना चाहती हैं। ड्राइवर ने पहले तो मना कर दिया, क्योंकि उन्होंने हाल ही में कार चलाना सीखा था, फिर कहा कि भाई साहब (सत्यार्थीजी को

संगठन के लोग इसी नाम से पुकारते हैं) से पूछ लीजिए, अगर वे कह देंगे तो मैं आपको गाड़ी चलाने को दे दूँगा।

सत्यार्थीजी ने खुशी-खुशी उन्हें गाड़ी चलाने की अनुमति दे दी। उन्होंने कहा कि लड़कियों को हर उस काम को आजमाना चाहिए, जिसको लेकर उन्हें डर लगता है। इसी तरह तो वे नई-नई चीजें सीख सकेंगी। वे गाड़ी चलाने लगीं।

सत्यार्थीजी की गाड़ी आगे-आगे चल रही थी और उसके पीछे वे अपनी गाड़ी लेकर चल रही थीं। तभी झाड़ियों से निकलकर एक बछड़ा अचानक सड़क पर आ गया और उनकी गाड़ी से टकराकर गिर गया, लेकिन अगले ही पल वह उठकर खड़ा हुआ और जंगल की तरफ भाग गया। टक्कर लगते ही लोग यह देखने उतरे कि गाड़ी को ज्यादा नुकसान तो नहीं हुआ। गाड़ी के अगले हिस्से को थोड़ा सा नुकसान हुआ था।

इस घटना से वह घबरा गईं और रोने लगीं। रोते हुए उन्होंने दूसरे साथियों से कहा, "भाईसाहब ने मुझ पर भरोसा किया, लेकिन मैं उनके भरोसे पर खरी नहीं उतर सकी, अब वे मेरे बारे में क्या सोचेंगे ? अब मैं कैसे उनका सामना कर पाऊँगी ?" साथियों ने उन्हें चुप कराया और सभी लोग होटल लौट आए।

सत्यार्थीजी को तब तक इस घटना की जानकारी नहीं हुई थी। रात के खाने के दौरान उस सहयोगी और सत्यार्थीजी का आमना-सामना हुआ तो वे घबराकर रोने लगीं। दूसरे साथियों ने उन्हें रास्ते की सारी बात बताई। वे थोड़ी देर चुप रहे, फिर अपने अंदाज में

मुसकराते हुए एक शे'र पढ़ा—

गिरते हैं शह-सवार ही मैदान-ए-जंग में,
वो तिफ्ल क्या गिरेगा, जो घुटनों के बल चले।

शे'र पढ़कर उन्होंने शांत भाव से कहा, 'चलो, कोई बात नहीं। खाना खाओ।' उन्होंने युवती का मन भाँप लिया था। वे समझ गए थे कि इनके मन में ड्राइविंग को लेकर डर बैठ गया है, अगर यह डर अभी नहीं निकाला गया तो इनको आगे चलकर गाड़ी चलाने में बहुत डर लगेगा और शायद ये कभी गाड़ी चलाने की हिम्मत ही न जुटा सकें। उन्होंने उसको पुचकारते हुए कहा कि आप जल्दी से खाना खा लें, फिर हम ड्राइविंग के लिए चलेंगे।

युवती ने कहा, "नहीं भाईसाहब, मुझसे अब गाड़ी नहीं चल पाएगी।" उन्होंने उसके सिर पर स्नेह के साथ हाथ फेरते हुए कहा कि ड्राइविंग पर केवल हम और आप चलेंगे। साथ में कोई और नहीं होगा।

ड्राइवर ने गाड़ी निकालकर सड़क पर खड़ी कर दी। सत्यार्थीजी ने ड्राइवर की तरफ का दरवाजा खोलते हुए युवती से कहा कि आप गाड़ी चलाओ, मैं बगलवाली सीट पर बैठूँगा। बहुत ना-नुकुर के बाद वह गाड़ी चलाने को तैयार हुईं। उन्होंने गाड़ी स्टार्ट की और चलाने लगीं। उनके दिल में बैठा डर धीरे-धीरे बाहर निकल रहा था। सत्यार्थीजी उनका हौसला बढ़ाते जा रहे थे—"बहुत खूब, आप तो अच्छी ड्राइविंग कर रही हैं। मुझे आपकी ड्राइविंग में न तो कोई कमी नजर आई, न ही आपके साथ बैठकर डर लगा।"

इस तरह से उस सहयोगी के मन में बैठा ड्राइविंग का डर निकल चुका था। उन्होंने सत्यार्थीजी को कुछ किलोमीटर की सैर कराई। अब वह न केवल बहुत खुश थीं, बल्कि उनका आत्मविश्वास भी बढ़ गया था। उस घटना के बाद वे बहुत बढ़िया ड्राइविंग करने लगी हैं। उन्होंने अपने लिए नई गाड़ी भी खरीद ली है और समय-समय पर लंबी यात्रा पर भी निकल जाती हैं।

सत्यार्थीजी अपने हर सहयोगी के साथ परिवार के सदस्य की तरह व्यवहार करते हैं। उन्हें काम की सीख देते हैं और उनका हौसला बढ़ाते रहते हैं। कहा भी गया है, कई बार छोटी-छोटी बातें किसी के जीवन में जितने बड़े बदलाव ला सकती हैं, उतना फायदा तो बड़ी-बड़ी योजना बनाकर किए गए काम से भी नहीं होता। सत्यार्थीजी ने दिखाया कि जितना संभव हो सके, अपने साथियों का हौसला बढ़ाना चाहिए। उनसे अगर अनजाने में कोई भूल हो जाए तो उसका मजाक उड़ाने की बजाय उसे हिम्मत देनी चाहिए।

किसी काम में असफल होने पर अगर कोई यह कह दे कि 'छोड़ो आपसे यह काम नहीं होनेवाला' तो इनसान का हौसला टूट सकता है, लेकिन अगर उसी व्यक्ति से यह कहा जाए कि 'दोबारा कोशिश करो, तुम यह काम जरूर कर सकते हो' तो फिर बात ही अलग होती है। वह इनसान नए जोश के साथ काम करता है और जरूर सफल होता है।

□

29

सपोर्टिंग स्टाफ का दिल जीता

कैलाश सत्यार्थी के ऑफिस में एक नियम रहा है कि हर तीन साल के बाद आंदोलन के सभी साथी एक बार कहीं घूमने जाते हैं। दिसंबर 2017 की बात है। सत्यार्थीजी अपने ऑफिस के सभी साथियों को घुमाने के लिए कश्मीर के गुलमर्ग लेकर गए थे। सर्दियों में गुलमर्ग बर्फ से ढक जाता है। संगठन के सभी सहयोगियों ने उस साल गुलमर्ग जाने की इच्छा जताई थी।

लगभग 80 लोग दिल्ली से श्रीनगर पहुँचे। वहाँ से छोटी बसों से गुलमर्ग पहुँच गए। वहाँ के नजारे देखकर सभी बड़े खुश थे। तीन दिन का प्रोग्राम था। इस दौरान सभी ने आसपास की सारी खूबसूरत जगहें देख लीं। ऐसी यात्राओं में खेल-कूद के साथ-साथ तरह-तरह की मनोरंजक गतिविधियाँ भी होती हैं।

जिस होटल में वे लोग ठहरे थे, उसके पीछे ही एक बड़ा मैदान था। उस मैदान में सभी लोग एक खेल खेलने के लिए बैठे हुए थे। यह खेल ऑफिस के एक वरिष्ठ अधिकारी की देख-रेख में हो रहा था।

सत्यार्थीजी जब अपने दफ्तर के लोगों को घुमाने लेकर जाते हैं तो उस दौरान न कोई अधिकारी रहता है न कोई कर्मचारी। दरअसल इस यात्रा का उद्देश्य यही होता है कि सभी कार्यकर्ताओं और कर्मचारियों के वीच मेल-जोल तथा आपसी प्रेमभाव बढ़े। उस दिन इस भावना से उलट एक अलग घटना घटी।

उस दिन 'रेलगाड़ी' नाम का खेल खेला जा रहा था। इसमें 6-7 लोगों को एक-दूसरे के पीछे लगकर, एक रेलगाड़ी बनानी थी। हर व्यक्ति को अपने पेट पर एक गुब्बारा लगाकर रखना था। उसे गुब्बारे को अपने आगे खड़े व्यक्ति से चिपकाकर रखना होता था। जिसका गुब्बारा नीचे गिर जाए या फूट जाए, वह खेल से बाहर हो जाता था।

खेल के संचालक ने लगभग 10 ग्रुप बना दिए थे, तभी कुछ ऐसा हुआ, जिसने वहाँ मौजूद लोगों के मन पर गहरा प्रभाव डाला। हुआ यह कि संचालक ने सपोर्टिंग स्टाफ (चाय-पानी पिलाने जैसे दफ्तर के काम करनेवाले लोगों) का एक अलग ग्रुप बनाया था। उन्होंने आवाज लगाई कि सपोर्टिंग स्टाफ, रेलगाड़ी बनाने के लिए आगे आएँ। 9-10 लोगों का ग्रुप लाइन लगाकर मैदान में आ गया। सभी ने अपने-अपने पेट के ऊपर एक-एक गुब्बारा रख लिया और रेलगाड़ी चल पड़ी।

खेल में शामिल सपोर्टिंग स्टाफ के सदस्य कुछ उदास हो गए थे। उनके चेहरों की उदासी दिखने भी लगी, क्योंकि अभी तक उनके साथ बराबरी का व्यवहार किया जा रहा था; जैसे एक साथ

खाना, एक साथ सोना, एक साथ घूमना व एक साथ खेलना आदि, लेकिन खेल में उनकी अलग से कैटेगरी बनाए जाने से वे थोड़े दुखी थे। वे मन मारकर धीरे-धीरे खेल रहे थे।

सत्यार्थीजी अचानक अपनी कुरसी से उठे और अपने पेट पर गुब्बारा चिपकाकर सपोर्टिंग स्टाफ के साथ रेलगाड़ी के डिब्बे बन गए। खेल का पासा पलट गया। उनके इस कदम से सपोर्टिंग स्टाफ का हौसला बढ़ गया। उन सबका उत्साह देखने लायक था। जो रेलगाड़ी अभी धीरे-धीरे बड़ी मुश्किल से चल रही थी, अब वह बुलेट ट्रेन बन गई। खेल का संचालन कर रहे अफसर को भी अपनी गलती का एहसास हुआ।

इस तरह से सत्यार्थीजी ने बिना किसी को कुछ कहे सबके प्रति समानता का बरताव रखने और सबकी इज्जत करने का वह संदेश दे दिया, जिसके लिए वे कॉलेज के दिनों से प्रयास करते आए थे। उनके दफ्तर के अधिकारियों को भी यह सीख मिली कि उन्हें छोटे-से-छोटे कर्मचारी के साथ भी बराबरी का व्यवहार करना चाहिए। यह सीख हम सबके लिए जीवन भर काम आएगी।

महान् लोग दूसरों के दुख में सिर्फ दुखी होकर या अफसोस जताकर चुप नहीं बैठते, बल्कि वे उसके दुख को दूर करने की कोशिश करते हैं।

□

30

उसूलों की खातिर अपनों से मोल ली नाराजगी

एक बार सत्यार्थीजी की साली ने पूरे परिवार को भोजन पर आमंत्रित किया। वह एक खास मौका था, क्योंकि कुछ समय पहले ही सत्यार्थीजी के बेटे का विवाह हुआ था। इसलिए मौसी ने नई दुलहन सहित पूरे परिवार को खाने पर बुलाया था। साली साहिबा ने दो दिन से तैयारियाँ करके तरह-तरह के पकवान बनाए थे, जब सभी लोग खाने की मेज पर बैठे तो सत्यार्थीजी की बेटी की नजर रसोईघर में एक बच्ची पर पड़ गई, जो अंदर छुपकर काम कर रही थी। उसने अपने पिताजी को कान में वह बात बता दी। उन्होंने खुद रसोई में जाकर देखा। वहाँ सचमुच 12-13 साल की एक बच्ची घरेलू नौकरानी का काम कर रही थी।

उन्होंने अपनी साली और उनके पति को बताया कि अब तो वे इस घर में एक गिलास पानी भी नहीं पी सकते। साथ ही यह भी कहा कि आज ही उस लड़की को पूरे पैसे देकर उसके माता-

पिता के पास पहुँचा दें, अन्यथा कल सुबह उनके खिलाफ कानूनी काररवाई हो सकती है।

चंद पलों में ही सारा माहौल बदल गया। सत्यार्थीजी की साली और उनके पति यह सुनकर बुरी तरह डर गए। साथ ही मन-ही-मन बुरी तरह नाराज भी हो गए। साली ने चुपचाप अपनी माँ, यानी सत्यार्थीजी की सास को फोन करके सारी बात बता दी। उन्हें सत्यार्थीजी और उनके परिवार पर बड़ा गुस्सा आया। उन्होंने काफी भला-बुरा कहते हुए उलाहना दिया कि आप लोग बहुत घमंडी हो गए हैं। परिवार को परिवार नहीं समझते। यह भी कहा कि हमारे साथ-साथ अन्न देवता का भी अपमान कर रहे हो।

भला सत्यार्थीजी कहाँ माननेवाले थे। वे परिवार सहित भूखे उठकर चल दिए। उन लोगों ने सत्यार्थीजी के सामने ही दिल्ली में रहनेवाली उस लड़की की माँ को फोन किया और कहा कि वे कल पूरा हिसाब कर अपनी बेटी को लेकर चले जाएँ। उन लोगों ने अपनी भूल के लिए माफी माँगी और वादा किया वे फिर कभी ऐसी गलती नहीं करेंगे।

बिना पानी पिए ही सत्यार्थीजी और उनका परिवार चलने लगा। उनकी साली की आँखों में आँसू थे। सत्यार्थीजी का मकसद उस परिवार को नीचा दिखाना तो था नहीं। उनकी नाराजगी तो किसी बच्ची से काम कराने को लेकर थी। वह परिवार अपनी गलती मान भी चुका था, तब सत्यार्थीजी ने कहा कि खाना तो हम सब साथ ही खाएँगे, लेकिन घर की बजाय बाहर चलकर खाते हैं। वे

सबको पास के एक रेस्टोरेंट में लेकर गए और खाना भी खिलाया, लेकिन ससुराल पक्ष के सभी रिश्तेदार कई वर्षों तक उनसे नाराज बने रहे।

ऐसी ही एक दूसरी घटना जयपुर की है। सत्यार्थीजी अपने परिवार के साथ रिश्ते की एक बहन के बेटे की बारात में पहुँचे थे। चाय-नाश्ता आदि के बाद वे दूल्हे की घुड़चढ़ी में शामिल होने के लिए गए। वहाँ पर एक ऐसी घटना घट गई, जिसकी किसी को उम्मीद न थी। सत्यार्थीजी ने देखा कि कुछ बच्चे दूल्हे की घोड़ी के आसपास ट्यूब लाइट के बड़े-बड़े गमले अपने सिरों पर उठाए चल रहे हैं। इन ट्यूब लाइटों से ही बारात जगमग हो रही थी। उनको इससे बहुत पीड़ा हुई।

उन्होंने बारात में शामिल होने से इनकार कर दिया और अपने सहयोगियों को कहा, "देखो, बच्चे लाइटें लेकर चल रहे हैं, तुरंत बारात रुकवाओ और पुलिस को खबर करो कि यहाँ बच्चे काम कर रहे हैं।" हालाँकि ऐसी नौबत नहीं आई। दूल्हेवालों ने खुद ही बारात रोक दी। लगभग आधे घंटे तक बारात बीच सड़क खड़ी रही। लाइट का इंतजाम करनेवाले ठेकेदार ने सत्यार्थीजी से माफी माँगी और वादा दिया कि वह आगे से कभी बच्चों से काम नहीं कराएगा। बच्चों को उसी वक्त काम से हटाया गया तथा उनकी जगह वयस्कों को लगाया गया, तब जाकर सत्यार्थीजी उस बारात में शामिल हुए।

सत्यार्थीजी के सहयोगी बताते हैं कि ऐसी घटनाएँ अकसर हो

जाती है। इतना ही नहीं, अपनी निजी और काम संबंधी यात्राओं के दौरान उन्हें सैकड़ों बार भूखा रहना पड़ा। उन्होंने उसूल बना रखा है कि वे उस ढाबे, होटल, रेस्तराँ या घर में कोई भी चीज खाएँगे या पीएँगे नहीं, जहाँ पर बच्चे काम करते हों। वे बच्चों के साथ किसी भी तरह के शोषण से तनिक भी समझौता नहीं करते।

सामाजिक कुरीतियों के खिलाफ बात करना आसान है। अकसर देखा गया है कि कोई व्यक्ति उसूलों पर तब तक तो चल लेता है, जब तक बात केवल उससे जुड़ी हो, लेकिन जब बात दूसरों की भावनाओं, सामाजिक शिष्टाचार और नाते-रिश्तेदारी की आ जाती है, तब विरोध करने का साहस बहुत कम ही लोग कर पाते हैं। वे विरोध जताने की बजाय चुप रह जाने में ही बेहतरी समझते हैं।

दूसरों को उपदेश देने से कोई बुराई खत्म नहीं हो सकती। 'लोग क्या सोचेंगे' इसकी परवाह किए बगैर बुराई का विरोध करने से ही उसका अंत हो सकता है।

□

31

प्रशंसिका के घर अचानक मिलने पहुँच गए

इंदौर के एक जाने-माने स्कूल में एक इंटरनेशनल कॉन्फ्रेंस आयोजित की गई थी, जिसमें दुनिया भर से करीब 20 देशों के प्रतिनिधि शामिल हुए थे। कैलाश सत्यार्थी उस कार्यक्रम के मुख्य अतिथि थे। उस यात्रा के दौरान सत्यार्थीजी अपने भतीजे दिनेश शर्मा से मिलने उनके घर गए। उनके पड़ोस में एक बुजुर्ग गांधीवादी महिला श्रीमती सरोज तिवारी अपनी बेटी विशाखा तिवारी के साथ रहती थीं। माँ-बेटी दोनों सत्यार्थीजी के करुणा भाव से बहुत प्रभावित थीं। हालाँकि सरोजजी ने तो अपनी सारी जिंदगी गांधीजी के विचारों को फैलाने में लगा दी, लेकिन वे गांधीजी का कभी दर्शन नहीं कर पाई थीं। वे रिटायरमेंट के बाद से इंदौर में ही रह रही थीं।

जब उन्हें पता चला कि सत्यार्थीजी उनके पड़ोस में पधारे हैं, तो उनकी खुशी और आश्चर्य का कोई ठिकाना नहीं रहा। वे किसी तरह से भी उनसे मिलना चाहती थीं, उन्होंने तुरंत दिनेशजी को फोन

लगाया और सत्यार्थीजी से मिलवाने का अनुरोध किया। वे फोन पर दिनेशजी को इसके लिए राजी करने की कोशिश कर रही थीं, लेकिन जब उनका फोन आया तब तक सत्यार्थीजी दिनेशजी के घर से निकलकर अपनी गाड़ी की तरफ बढ़ चुके थे।

दिनेशजी ने सरोजजी को बताया कि सत्यार्थीजी तो घर से निकल चुके हैं, फिर भी वे उनसे मिलवाने की विनती करती रहीं और वे असमर्थता जताते रहे। सत्यार्थीजी ने भी यह बात सुनी। उन्हें जल्दी ही कहीं और पहुँचना था, लेकिन वे एक बुजुर्ग महिला को निराश भी नहीं करना चाह रहे थे। उन्होंने दिनेशजी से कहा, "वैसे तो हमें देर हो रही है, फिर भी हम क्यों न उनसे मिलते हुए चलें।"

वे अपनी प्रशंसिका के घर अचानक पहुँच गए। माँ-बेटी ने जब सत्यार्थीजी को अपने घर के दरवाजे पर देखा तो उन्हें अपनी आँखों पर यकीन ही न हुआ। जिनसे मिलाने के लिए कुछ समय पहले वे किसी की खुशामद कर रही थीं, कुछ ही देर बाद स्वयं वे ही उनके घर पहुँच गए थे। खुशी के मारे उनके मुँह से आवाज नहीं निकल रही थी। सत्यार्थीजी कुछ मिनटों के लिए गांधीजी के आदर्शों पर चलनेवाली उन सरोजजी के दो कमरोंवाले फ्लैट पर रुके। वे उनसे उम्र में 10-15 साल बड़ी रही होंगी। उन्होंने बहुत भावुक होकर दीवार पर टँगी गांधीजी की एक तसवीर पर से सूत की एक माला उतारकर सत्यार्थीजी को पहना दी। सत्यार्थीजी ने बहुत विनम्र होकर जब उनके पैर छूए तो वे अपने आँसुओं को नहीं रोक सकीं।

सत्यार्थीजी को दुनिया भर के बड़े-बड़े समारोहों में मुख्य

अतिथि बनने या कार्यक्रम में भाषण देने के बुलावे आते रहते हैं। उनके दफ्तर में ऐसे एक लाख से ज्यादा निमंत्रण पड़े हैं, फिर भी उनका एक साधारण महिला के साथ किया गया व्यवहार दिखाता है कि मनुष्य पद-पदवियों से नहीं, बल्कि अपनी सादगी और सरलता से बड़ा बनता है।

□

32

ब्रेड-पकौड़ा

कम लोग ही जानते हैं कि भोजन बनाना और सहयोगियों को खिलाना कैलाश सत्यार्थी का एक शौक है। जब भी समय मिलता है, वे 'बाल आश्रम' और 'मुक्ति आश्रम' के बच्चों को उनकी पसंद के पकवान बनाकर खिलाते हैं। कोरोना काल के दौरान सत्यार्थीजी का ज्यादातर समय राजस्थान के विराट नगर स्थित बाल आश्रम में पूर्व बाल मजदूरों के बीच बीता। हर बार की तरह उन्होंने बच्चों से पूछा, "बच्चो, आज आपके लिए क्या बनाया जाए?" सबने ब्रेड-पकौड़ा खाने की फरमाइश की। उन्होंने कहा कि फिर आज सबके लिए वही बनाएँगे।

शाम होते ही सत्यार्थीजी तथा उनकी धर्मपत्नी श्रीमती सुमेधा कैलाश बाल आश्रम के मैदान में आ गए और ब्रेड पकौड़ा बनाने की तैयारी में जुट गए। बच्चे भी छोटा-छोटा सामान लाने में सत्यार्थी दंपती की मदद कर रहे थे। गैस की भट्ठी, गैस का सिलेंडर, भगोने आदि भारी सामान को लाने में कर्मचारियों ने सहायता की। देखते-ही-देखते मैदान में सौ-सवा सौ लोगों के लिए ब्रेड-पकौड़े बनाने

का सारा सामान इकट्ठा कर लिया गया। सुमेधाजी के कहने पर कुछ बच्चे गाना गाने लगे। वे बाल आश्रम के बच्चों को संगीत की शिक्षा भी देती हैं तथा खुद भी हारमोनियम पर बहुत अच्छा गाती हैं। इस तरह मैदान में पिकनिक का माहौल बन गया।

सत्यार्थी दंपती ने सभी के साथ मिलकर आलू उबालने और छीलने से लेकर बेसन घोलने, नमक मसाला मिलाने तथा ब्रेड काट-काटकर रखने तक का कार्य किया। सत्यार्थीजी ब्रेडों में आलू की पिट्ठी भरकर तेल में डालते जाते और सुमेधाजी उसे अच्छे से तलतीं। चटनी भी बनाई गई। सभी बच्चों को गरमा-गरम ब्रेड-पकौड़े परोसे गए। सभी ने ब्रेड-पकौड़े खूब मजे लेकर छककर खाए।

इन आश्रमों में रहनेवाले अधिकांश बच्चों को मजदूरी से छुड़ाकर लाया जाता है। उन्होंने इनसानों से सिर्फ अपमान होता देखा है। बच्चों के मन में इनसानों या समाज के लिए घृणा भाव न भर जाए, इसके लिए सत्यार्थीजी बच्चों के साथ खुद बच्चे बन जाते हैं। जिसके साथ बहुत अत्याचार हुआ हो, उसके लिए दया की भावना रखना बहुत अच्छी बात है, लेकिन दया से ज्यादा असर दोस्ती में होता है।

□

33

बच्चों के बगैर कैसा उद्घाटन?

यह घटना चंडीगढ़ की है। 11 सितंबर, 2019 को 'नोबेल पुरस्कार' से संबंधित एक बहुत बड़ा कार्यक्रम हो रहा था। कैलाश सत्यार्थी इस कार्यक्रम में मुख्य अतिथि के रूप में पधारे थे। वह कार्यक्रम खासतौर पर स्कूलों और कॉलेजों के विद्यार्थियों के लिए ही था। उसमें बच्चों और युवाओं के अलावा ढेर सारे प्रोफेसर, वकील, नेता, अधिकारी और वैज्ञानिक आदि मौजूद थे।

कार्यक्रम का आयोजन नोबेल कमेटी और भारत सरकार ने मिलकर किया था। इसे 'नोबेल प्राइज सीरीज' कहा जाता है। ऐसे आयोजन समय-समय पर दुनिया के अलग-अलग हिस्सों में किए जाते हैं। कार्यक्रम की शुरुआत दीप जलाकर होनी थी। पंजाब सरकार के एक वरिष्ठ मंत्री और कई वरिष्ठ अधिकारी सत्यार्थीजी के साथ दीप प्रज्वलित कराने के लिए आगे बढ़े, लेकिन सत्यार्थीजी तो इधर-उधर देख रहे थे। ऐसा लग रहा था, जैसे वे कुछ खोज रहे हों। वे दीप जलाने की बजाय जलती हुई मोमबत्ती हाथ में लिये खड़े रहे।

मंत्रीजी सहित सभी खास मेहमान हैरान थे कि वे आखिर दीप प्रज्वलित कर क्यों नहीं रहे? सत्यार्थीजी ने आयोजकों से पूछा कि बच्चे कहाँ हैं? स्टेज पर मौजूद सभी लोग इधर-उधर झाँकने लगे। तभी सत्यार्थीजी ने खुद ही नीचे पीछे की लाइन में बैठी हुई कुछ लड़कियों और लड़कों को स्टेज पर बुला लिया। उनके बुलाते ही कई बच्चे स्टेज पर दौड़े चले आए। सत्यार्थीजी ने अपनी मोमबत्ती देकर सबसे पहले उन बच्चों से ही दीप जलवाए। पूरा हॉल तालियों की गड़गड़ाहट से गूँज उठा। इस तरह उद्घाटन कार्यक्रम हो पाया।

ज्यादातर देखा जाता है कि जिन लोगों के नाम पर बड़े-बड़े कार्यक्रम होते हैं, वे पिछड़ जाते हैं, जबकि उनके बारे में केवल बातें करनेवाले पूरा मान-सम्मान पा लेते हैं। सत्यार्थीजी ने बच्चों को महत्त्व दिलाकर वहाँ मौजूद सभी बड़े-बड़े लोगों को उनका कर्तव्य याद करा दिया। यहाँ बता दें कि वे किसी भी समारोह का उद्घाटन खुद नहीं करते, बल्कि वहाँ नीचे बैठे श्रोताओं में से बच्चों या युवाओं को स्टेज पर बुलाकर उन्हीं से कराते हैं।

□

34

ड्राइवर की बेटी के निकाह के लिए...

2021 के नवंबर महीने की बात है। मध्य प्रदेश के कुछ अखबारों में हैरान कर देनेवाली एक खबर छपी थी, जिसका शीर्षक था—'बेटी के निकाह में पहुँचे नोबेल पुरस्कार प्राप्तकर्ता'। सभी को पता है कि कैलाश सत्यार्थी ही अकेले नोबेल पुरस्कार विजेता हैं, जिनका जन्म भारत में में हुआ है और वे यहीं रहते हैं। उनकी इकलौती बेटी की शादी कई साल पहले हो चुकी है। इसलिए निकाह, यानी शादी की खबर बहुत चौंकानेवाली थी। मुसलिम समाज में शादी को निकाह कहते हैं।

असल में निकाह सत्यार्थीजी के ड्राइवर इमामी खान की बेटी का था। वे उसमें शामिल होने के लिए अपनी पत्नी सुमेधाजी और संगठन के साथियों के साथ निवाड़ी जिले के दूरदराज के एक गाँव जेरोन पहुँचे थे। इसमें शामिल होने के लिए उन्होंने एक बड़ा महत्त्वपूर्ण अंतरराष्ट्रीय कार्यक्रम छोड़ दिया था।

किसी को यकीन ही नहीं हो रहा था कि कैलाश सत्यार्थी जैसा दुनिया भर में प्रसिद्ध व्यक्ति एक बहुत साधारण और अनजान

आदमी के घर शादी में शामिल होने के लिए उनके गाँव पहुँच सकता है। जेरोन की ज्यादातर आबादी ब्राह्मणों की है। यहाँ संस्कृत तथा धर्मशास्त्र के बहुत से विद्वान् रहते हैं। इसलिए उसे 'छोटी काशी' भी कहा जाता है। एक मुसलमान के घर उनका पहुँचना लोगों के लिए और भी आश्चर्य की बात थी।

उनके गाँव में घुसते ही भगदड़ सी मच गई। फोटो खिंचवाने, सेल्फी और ऑटोग्राफ लेने की ऐसी होड़ दिखी कि प्रशासन और उनके सहयोगियों के लिए स्थिति को सँभालना भी मुश्किल होने लगा। हर कोई उनके साथ बात करने, उनके साथ समय बिताने को आतुर था। यहाँ तक मुसलिम महिलाएँ भी किसी से पीछे नहीं थीं। फोटो खिंचाने को आतुर किसी महिला को परदे में देखकर सत्यार्थीजी ने कहा कि तुम या तो मेरी बेटी हो या बहन। अपने पिता या भाई के साथ फोटो खिंचवाने के लिए परदे की क्या जरूरत!

उनकी इस बात का बिजली की तरह असर हुआ। परदा तो परदा, उन्होंने अपने और सत्यार्थीजी के बीच बाधक बन रहे पुरुषों को पीछे हटाकर फोटो खिंचाना शुरू कर दिया। यह देखकर गाँव के बड़े-बुजुर्ग हैरान रह गए, क्योंकि उन्होंने इससे पहले अपने गाँव की महिलाओं को कभी इतना उत्साहित नहीं देखा था।

इमामी खान 2004 से सत्यार्थीजी की गाड़ी चला रहे हैं। खान की बेटी नसरीन जब छोटी थी तो वे एक दिन उसे लेकर सत्यार्थीजी के घर आए थे। उन्होंने इमामी खान से एक वादा लिया कि अगर तुम इसे खूब पढ़ाओगे-लिखाओगे तो मैं वादा करता हूँ कि दुनिया

के चाहे जिस कोने में रहूँ, बिटिया की शादी में जरूर आऊँगा। खान ने अपना वादा निभाया। उनकी बेटी बारहवीं की पढ़ाई कर चुकी है और आगे भी पढ़ाई जारी रखेगी। सत्यार्थीजी भी अपना वादा निभाते हुए पिता की तरह हर रस्म के दौरान मौजूद रहे।

सत्यार्थीजी अपने छोटे-से-छोटे कर्मचारी को भी परिवार का हिस्सा मानते हैं। इससे पहले भी वे बड़े कार्यक्रम रद्द करके सहयोगियों के पारिवारिक कार्यक्रमों में शामिल होते रहे हैं। सत्यार्थीजी को इटली के वेटिकन सिटी में सबसे बड़े ईसाई धर्मगुरु पोप फ्रांसिस के साथ विश्व के बेहतर भविष्य के लिए बाल मजदूरी को खत्म करने के लिए एक मीटिंग में मुख्य वक्ता के रूप में शामिल होना था। उन्होंने वेटिकन दफ्तर में अनुरोध भेजा कि वे अपनी बात एक वीडियो मैसेज के द्वारा कहना चाहेंगे, क्योंकि बेटी की शादी के कारण उनके लिए वेटिकन पहुँचना संभव नहीं हो पाएगा। पोप के दफ्तर ने बेटी की शादी के कारण उनके अनुरोध को मान लिया।

वे हमेशा कहते हैं कि एक-एक बच्चा मायने रखता है, हरेक बचपन मायने रखता है। इसलिए हरेक बच्चे की पढ़ाई-लिखाई बड़ी कीमती है। बेटी को पढ़ाने के लिए ड्राइवर को प्रोत्साहित करके उन्होंने न सिर्फ अपने समूचे स्टाफ को, बल्कि सभी को संदेश दिया।

□

35

जब सत्यार्थीजी का तेंदुए से हो गया आमना-सामना

मुसीबत सब पर आती है, लेकिन आँखें बंद कर लेने से नहीं, बल्कि डटकर सामना करने से मुसीबत खत्म होती है।

एक बार कैलाश सत्यार्थी अपने एक पुराने सहयोगी रामकृपाल तिवारी के साथ बाल आश्रम से सुबह की सैर को निकले थे। बाल आश्रम अरावली की पहाड़ियों की तलहटी में स्थित है। यह जंगली इलाका है और यहाँ से करीब 20 किलोमीटर की दूरी पर ही 'सरिस्का बाघ अभयारण्य' (टाइगर रिजर्व) भी है। इन जंगलों में बाघों के अलावा तेंदुए भी बड़ी संख्या में हैं।

सुबह के पाँच बजे थे। सत्यार्थीजी जंगल के किनारे बनी पगडंडी से चले जा रहे थे। दोनों जब पहाड़ी के नजदीक पहुँचे तो रामकृपालजी को अचानक महसूस हुआ कि झाड़ियों के बीच से कोई जानवर दबे पाँव उनकी ओर बढ़ रहा है। उन दिनों पूरे विराट नगर में एक आदमखोर तेंदुए की दहशत फैली थी। वह रोज गाँवों में घुसकर मवेशियों को मार रहा था, इनसानों पर भी हमले कर रहा था।

इससे पहले कि कोई कुछ सोच पाता, तेंदुआ झाड़ी से

निकलकर सामने आकर खड़ा हो गया। वह बस कुछ ही कदम की दूरी पर खड़ा था और पलक झपकते ही छलाँग मारकर हमला कर सकता था। रामकृपालजी घबराकर रोने लगे। वे कहने लगे, भाई साहब (सत्यार्थीजी को उनके साथी भाई साहब कहकर संबोधित करते हैं), सुबह का समय है। तेंदुआ भूखा होगा और अब यह हमें मार डालेगा। सत्यार्थीजी ने उन्हें हिम्मत दी और कहा कि मैंने शिकारी जानवरों की प्रवृत्ति के बारे में पढ़ रखा है, अगर हम डरकर पीछे मुड़े तो यह हम पर पक्का हमला करेगा। अगर उससे नजरें मिलाकर सामने खड़े रहे तो वह हमला करने की हिम्मत न जुटा पाएगा, लेकिन रामकृपालजी की तो हिम्मत ही न पड़ती थी, उन्हें तो अपनी मौत सामने खड़ी नजर आती थी।

सत्यार्थीजी ने रामकृपालजी को खींचकर अपने पीछे छुपा लिया और कहा कि मैं तेंदुए के सामने खड़ा हूँ। आप धीरे-धीरे दबे पाँव पीछे लौट जाएँ, अगर मरना है तो दोनों क्यों मरें? हो सकता है तेंदुआ मुझे केवल जख्मी करके छोड़ दे। ऐसी स्थिति में आप कम-से-कम गाँव से कोई मदद तो ला पाएँगे; हालाँकि रामकृपालजी उन्हें मौत के सामने अकेला छोड़कर पीछे लौटने को तैयार नहीं हुए।

तेंदुए, बाघ से भी ज्यादा खतरनाक शिकारी माने जाते हैं। वे अपने शिकार पर काफी देर तक नजर रखते हैं। कहा जाता है कि जंगली जानवरों का शिकार करने से पहले वे उसे दौड़ाकर थकाते और फिर हमला करते हैं। वह तेंदुआ गुर्रा तो रहा था, लेकिन हमला नहीं कर रहा था। हो सकता है कि उसे दोनों के भागने का इंतजार

हो, ताकि पीछे से हमला करके आसानी से दबोच ले।

सत्यार्थीजी ने अपने साथी से कहा कि आपकी पाँच बेटियाँ हैं, जिनकी आपको शादी करानी है। मेरी तो बस एक ही बेटी है। वह भी पढ़-लिख चुकी है। अपने पाँव पर खड़ी है, लेकिन आपके बच्चे छोटे हैं। आपके सिर पर जिम्मेदारियों का पहाड़ है। इसलिए यही ठीक रहेगा कि मैं यहाँ खड़ा रहूँ और आप निकल जाइए। पर रामकृपालजी उन्हें छोड़कर जाने को तैयार न थे, वे बस रोते रहे।

अब सत्यार्थीजी को जो भी करना था, उसके लिए मुश्किल से उनके पास एकाध मिनट का ही समय था, क्योंकि तेंदुआ उनकी ओर बढ़ने लगा था। सामने तनकर खड़े होने के अलावा उन्हें बचने का कोई दूसरा तरीका समझ नहीं आता था, लेकिन साथी तो घबराकर रो रहे थे। सत्यार्थीजी ने उन्हें हिम्मत देने के लिए थोड़ा मजाक किया, "रामकृपालजी अगर वह भूखा है और उसे नाश्ता ही करना है, तो मैं आपसे लंबा-चौड़ा हूँ। उसके पेट में पूरा समा भी नहीं सकता। आज तेंदुआ महाराज को हमारा ही भोग लगाने दीजिए। आप मौका देकर भाग लीजिए।"

यह सुनकर रामकृपालजी थोड़े संयत हुए और बोले कि भाई साहब मौत सामने खड़ी है और आपको मजाक सूझ रहा है। सत्यार्थीजी ने कहा कि सामने खड़ी मौत, डरने से तो बिल्कुल नहीं भागनेवाली। अगर हम इसका सामना करें तो हो सकता है कि भाग भी जाए। रामकृपालजी को साहस मिला था। उन्होंने हाथ में पत्थर उठा लिया और सत्यार्थीजी के बराबर में आकर खड़े हो गए। तेंदुए

ने गुर्राकर डराने की कोशिश की, लेकिन वे दोनों वहीं डटे रहे।

एक-दो मिनट तक यही चलता रहा। सत्यार्थीजी ने भाँप लिया कि तेंदुआ हमले की हिम्मत नहीं कर पा रहा है। उन्होंने रामकृपालजी को कहा कि धीरे-धीरे उलटे कदम पीछे की ओर सरकते रहो। पीठ बिल्कुल मत दिखाना। दोनों धीरे-धीरे उलटे पाँव चलते हुए पगडंडी से पक्की सड़क पर आ गए। आखिरकार तेंदुआ भी जंगल में चला गया। इस तरह सत्यार्थीजी की सूझ-बूझ से दोनों की जान बच गई।

जीवन में कई बार ऐसा होता है कि हमारे सामने कोई मुसीबत आकर खड़ी हो जाती है और हम घबराकर हार मान जाते हैं, जैसे ही हम हार मानते हैं, मुसीबत हमारे ऊपर हावी हो जाती है। यदि सत्यार्थीजी भी अपने साथी की तरह घबराकर भागने का रास्ता खोजने लगते तो तेंदुआ जरूर हमला करता। उन्होंने हिम्मत हारी नहीं, बल्कि साथी को भी हिम्मत दी। उसी का परिणाम रहा कि तेंदुआ हमला नहीं कर पाया। परेशानी कितनी भी बड़ी हो, हमें खुद को शांत रखते हुए अपनी अक्ल लगाकर उसका सामना करना चाहिए।

दूसरी बात, संकट के समय अपने साथी का साथ नहीं छोड़ना चाहिए, बल्कि उसे हौसला देना चाहिए कि मैं तुम्हारे साथ हूँ, जैसा सत्यार्थीजी ने किया। सच्चा दोस्त वही हो, जो अपने मित्र को कहे कि मैं परेशानी में तुम्हारा साथ छोड़कर नहीं भागूँगा, बल्कि हर सुख-दुख में साथ रहूँगा। जो ऐसी भावना रखते हैं, उनकी दोस्ती हमेशा पक्की बनी रहती है।

□□□